U0030113

1
魔蟲人間
陳浩基

推薦序

薛丁格的貓與陳浩基的蟲

文／冬陽　推理評論人、復興電台「偵探推理俱樂部」節目主持人

「這是一本『偽推理小說』。雖然有凶案、有死者、有凶手、有偵探、有警官、甚至有調查過程，但這個真的不是關於推理和犯罪的故事。這故事的主題是『怪物』。是可憐的、活在人間的、孤獨的『怪物』。」

二〇一一年九月，由明日工作室出版的《魔蟲人間》一書開場，作者陳浩基寫了這段文字為序。書頁下半空白處則是簡短幾個手寫字，同樣出自浩基之手，是「To冬陽留念」。

受奇幻基地邀請撰寫新版《魔蟲人間》推薦文時，我很自然地從書架上挑出這

本絕版多時的口袋書，腦海響起當年幾位推理迷好友的嘀咕：「一本四十九元、放在超商販售，會不會給人低俗廉價感？」略帶異色的封面、便宜好入手的價格、運用類型卻又打破邊界相融合的故事，十多年後回顧，這似乎是開發新讀者的一種好方法，不知彼時買下《魔蟲人間》的讀者，是不是就此成了浩基新作本本不錯過的忠實粉絲？而且在今日看見修潤新版外加續集上市感到又驚又喜？——對我來說，倒是有一種「終於盼到了」的滿足舒坦，因為終於又能讀到浩基充滿魅力及驚奇的「疊加態」故事了。

各位聽過「薛丁格的貓」嗎？一九三五年，奧地利物理學家埃爾溫・薛丁格提出了一個思想實驗，來為量子力學應用在巨觀世界時產生異於經驗常理的悖論提出描述。當一隻貓、一只裝有劇毒氰化氫氣體的玻璃燒瓶，與一個放射性物質共置於一密閉盒子，盒子裡有具監測器，當監測器感應到放射性物質釋放出的衰變粒子時，就會打破燒瓶害（無辜的）貓咪死亡。在利用數學推導的微觀描述之下，放射物質衰變與否取決於或然率，因此在打開密閉盒子進行觀察之前有一半的機會衰變了一半的機會沒衰變，這就表示盒子裡的貓在還沒開箱之前可能是活的也可能是死的，這種貓「既生又死」的「疊加態」在你我理解的（巨觀）世界是不存在的——在此不是要考驗大家物理學得好不好還記得多少，當「薛丁格的貓」成為一種迷因而廣為人知之際，正好可以借用一談陳浩基的《魔蟲人間》。

《魔蟲人間》的疊加並非生與死、0或1、存在不存在的對立二元運用，而是恐怖驚悚與邏輯推理，或更準確地說，是架空奇想與常理現實。寫得隱晦卻也引人好奇的故事簡介提到，大學生裕行的手掌心躺著的一尾棒狀小蟲，牠倏地躍起並從自己的頸背鑽進體內，那是真實存在的生物入侵還是心神不寧導致的異常幻覺？命案現場殘暴的奪命毀屍景象，人類有辦法做到嗎還是純然野獸所為？舊版作者自序提及的怪物，是一種心靈扭曲的比擬抑或真有超自然物種登場？緊張不安的氣氛瀰漫，探究真相的渴望萌生，讀者毋須事先理解恐怖故事和推理書寫的諸多定義，被撩撥的情緒與引燃的好奇再直接赤裸不過，進而深刻感受類型元素的巧妙精采之處，這就是《魔蟲人間》呈現的迷人疊加態，直到打開盒子看見「　」的那一刻，便會甘心成為浩基的死忠讀者啦。

附帶一提，前段文字末尾的引號裡空白一片可不是排版印刷出錯，而是謹守不能爆雷的傳統美德，也連帶不透露續集故事的任何隻字片語（特別強調，一定要按順序看，別怪我沒事先提醒），我可不想被作者和讀者聯手關進薛丁格設計的盒子裡啊……

目次

*本作品純屬虛構，與現實的人物、地點及團體無關。

1

蟲 I ・ 邂逅

每天早上六點三十二分，裕行都會到街角的便利商店買早餐。同樣的小杯裝黑咖啡、同款的美乃滋雞蛋培根三明治，日復一日，刻板地送進裕行的肚子裡。裕行的住所距離他上課的大學只有十分鐘路程，早上九點才有課的他實在沒必要在六點多起床——他每天這麼做，只是為了看「她」一眼。

她是個長頭髮的女孩。從她身上的校服，裕行知道她就讀於西面鄰區的一所高中；某天她手上拿著高二課本，讓裕行猜想她的年紀大約是十六歲。她每天早上六點三十五分走進便利商店，買一個甜麵包、一瓶柳橙汁，再走到店外的公車站一邊吃早餐一邊看書，接著搭六點五十分的公車上學。裕行不知道她的名字，只是兩個月前他通宵看ＤＶＤ，早上跑到便利商店買咖啡時遇見對方。裕行不曉得這是不是一見鍾情，但他為了早上這十數分鐘的相遇，堅持了兩個多月的早起，甚至改變了自己的作息時間。

可是裕行就是沒有膽量去結識對方。

「早安」、「妳好」，或是簡單的一個點頭微笑，裕行也沒有實行。連便利商店的店員大嬸也漸漸認得裕行，偶爾寒暄幾句，然而他始終沒有上前跟那個女生說半句話。他老是譏笑同學被女生勞役，當司機、修電腦、做好人，只是他沒想過他連最基本的搭訕也做不到。

「真窩囊。」每天看著女生走上公車，在他眼前消失後，裕行都會自嘲一句。

裕行知道她住在樂器店旁邊的大樓，正好是他獨自居住的公寓對面，可是他房間的窗戶對著相反的方向，沒法看到她住在哪一層哪一戶。裕行雖然感到失望，但也慶幸他沒法看到她的家，否則他一定按捺不住，拿配備長距離鏡頭的相機猛拍，淪落為變態的罪犯。攝影是裕行的興趣，他尤其喜歡拍攝風景，無論是晨曦還是黃昏、山林還是海濱，他也喜歡用鏡頭捕捉，把那一刻凝結、抓住、收進底片。

「早安。」當裕行站在櫃檯旁，低頭啜著咖啡之際，銀鈴似的聲音傳進他的耳中。裕行多次渴望這句問候的對象是自己，但他很清楚，那女生只是跟店員大嬸打招呼。粉綠的襯衫掩蓋不了女孩姣好的身段，黑色的裙子突顯了修長美腿的白皙。女孩經過裕行身旁，飄散著一股洗髮精的香氣，從冰櫃裡拿出柳橙汁，再從架上抓起一個小巧的甜麵包。女孩肩上掛著一個淺紅色的書包，拉鍊上繫著一個流行的骷髏布娃娃，裕行也特意買了一個同款的扣在手機繩上，心想有一天能藉此打開話題。當然，兩個月過去，這仍未發生——亦很可能不會發生。

然而，意想不到的事總會發生。

「啊，抱歉！」當女孩打算走到櫃檯結帳時，她的書包意外地碰到裕行的手肘，咖啡從杯子裡濺出。女孩訝異地張開口，窘困地看著裕行，只是她不知道這時裕行正在感謝上天賜予這個萬年一遇的機會。

「不、不要緊！」裕行絞盡腦汁，努力思考該如何把對話延續，可是他只能吐出一句「不要緊」，還結結巴巴的。

「你的衣服弄髒了，很對不起！」女孩說的話反而比較多。

「不、不要緊！」裕行幾乎想摑自己兩個巴掌，怎麼在這個重要時刻自己像失靈的錄音機，只懂重複吐出「不要緊」這幾個字？

「真的沒問題嗎？」女孩輕聲問。

「沒、沒關係，反正這T恤也很久沒洗了！」話剛說完，裕行恨不得挖個洞跳下去。這不是告訴對方自己是個邋遢鬼嗎？身上的T恤也不過兩天沒洗吧。

女孩似乎沒有在意，反倒微微一笑，表情帶點歉意點了點頭，轉身往櫃檯結帳。她離開店之前再一次回頭，向裕行稍稍鞠躬。裕行舉起右手，像是要揮手道別，卻又突然畏縮起來，手掌不知所措地懸在半空。

「笨蛋！」裕行內心奮力地吶喊，「為什麼不問她的名字？『我好像每天都有看到妳？』『妳好像每天也在這兒買早餐？』『妳在澄明女中念書嗎？』『那款柳橙汁好喝嗎？』『妳喜歡骷髏娃娃嗎？』……明明預習了一大票搭訕用的說法，到實戰時卻一句也用不上！天呀，我真是太沒用了……」

平日當女孩離開後，裕行也會悄悄跟在後面，坐在公車站附近的公園長椅，遙望著女孩，看著她小口小口地咀嚼著麵包，欣賞她讀書時流露的溫婉眼神。可是今天的衝擊太大，他只能待在便利商店裡，繼續胡思亂想。「跟著她走出去也許會被她發現？搞不好讓她以為我有什麼不軌企圖？」

裕行的內心仍在掙扎，時間卻不留情面地流走，他回過神決定追出去時已是六點五十五分，女孩已經乘公車離去了。

「不要緊，明天還有機會。」裕行安慰自己。細心一想，這其實是最好的策略，如果一開始便操之過急，只會留下壞印象。只要翌日自然地說聲早安，多碰面幾次便很容易攀談起來。

在陽光下裕行愉快地伸個懶腰，朗聲大笑。路人都奇怪這個不到二十歲的小伙子為什麼掛著古怪的笑容，裕行也懶得理會他人的看法，他只知道今天是值得紀念的日子。

「咻──」

一隻蟲子在裕行眼前急促飛過。他沒有特別注意，心想那大概是蜻蜓或不知名的小昆蟲。現在沒有東西可以打擾他的好心情。

2

獵人 I ・ 刑事

泰士撥開百葉窗，從殘舊的金屬片之間眺望窗外遙遠的街景。雖然已過上班時間，街上行人數目沒有減少，人群熙來攘往，穿戴得花枝招展，訴說著這座城市的繁華和富有。當交通燈號從綠轉紅，汽車停在白線後，路人便湧到馬路上，恍如放牧中的羊群，整齊又帶點凌亂地穿過十字路口。泰士很喜歡從自己的辦公室觀看這情景，他每次看到橫過馬路的民眾，便感到不可思議——人類明明是獨立的個體，卻能夠為了共同的利益去遵守規則，共同行動。和螞蟻之類的昆蟲不同，螞蟻天生便是群體性的生物，可是，人的群眾意識卻是後天培養出來。

「叩、叩。」泰士身後傳來清脆的敲門聲。他沒有關上房門，所以一回頭便看到站在門旁的部下。

「組長，新人來了。」對方往門外指了指。

「叫他進來。」泰士邊說邊步回座位，拿起一個土黃色的文件夾。

一個二十歲出頭、濃眉大眼的小伙子，靦腆地走進泰士的房間。泰士讓部下回去，打量著面前筆挺地站著的菜鳥。

泰士翻開文件，邊看邊說：「警校第一名畢業，幹得不錯啊，阿鐵……啊，我可以叫你『阿鐵』嗎？」

「當然可以，長官！」青年還是挺起胸膛，一絲不苟地回答。

泰士微微一笑，站起來，以文件夾拍拍阿鐵的胸口，笑著說：「不用那麼緊張，叫我組長就可以了。刑事一課的成員不多，但大家像是一家人，你不用那麼拘謹。」

阿鐵鬆一口氣，面露笑容，肩膀稍稍垂下，心想剛才繃著臉的樣子一定很可笑。

「可是啊，」泰士以沉穩的語氣說，「刑事一課是最前線，偶一鬆懈所帶來的後果相當嚴重，你明白嗎？」

「是的，組長！」阿鐵再次站直身子，「我很清楚我們的職責，父親已一再告誡我，跟我說明作為前線部隊一員的責任和義務！」

泰士滿意地點點頭，放下文件夾。「說起來，前輩最近好嗎？」

「組長有心了，父親近來很好，只是工作有點忙，連回家好好吃頓飯也不能。」

「呵，前輩以前常常作東，說什麼『朝廷不用餓兵』，再忙也要填飽肚子。想不到現在身受其苦呢……」

泰士回過頭，再次望向窗外。從狹窄的百葉窗簾縫中，他看到的不是天空，而是一絲絲回憶。十五年前阿鐵的父親正好坐在泰士的位置，擔任刑事一課的指揮官，因為一樁案子泰士遇上阿鐵的父親，也間接讓泰士了解自己的使命，投考警校，成為對方的下屬。十五年間，泰士在警隊裡努力工作，在阿鐵父親的提攜下平步青雲，仕途順遂地坐上他恩人的位置。而當年的長官，如今已從警界闖進政界，在政府高層擔任副局長，旁人也認為不出數年他便能升上局長之位。泰士本來也奇怪阿鐵為何申請進刑事課，身為高官的兒子，要從商或加入政治圈也不難，但細心一想，或許阿鐵是為了重覆父親的步伐，表示對父親的敬重——畢竟泰士如今也正在做相同的事情。

不過，泰士沒想過進入政界。他喜歡待在警察刑事課。他不是不喜歡權力，亦不是對前線的工作特別留戀，只是他覺得自己比較適合在這個危機四伏的城市解決麻煩。

「阿泰，你不想改變世界嗎？我可以運用關係，讓你調到更好的位置。我們這樣努力，就是為了這個目標啊。」數年前，阿鐵的父親對泰士說。那是他剛獲委任當副局長的一天，在家中設宴邀請以前刑事課的手足聚舊。

「我當然有這個願望，但……」泰士頓了一頓，「但如果我們都往高層去，前線的工作誰處理？」

「到時總有後繼者啊，犯不著擔心那麼多嘛。」

「那我便待到有能力接替我的後繼者出現，再考慮您的提議吧。」泰士笑著說。

「嘿，那我在上面等你。」阿鐵的父親回敬一個笑容。

「你們先別聊，肉放涼就不好吃啦……」一位舊同僚打斷了二人的對話。

自從那天後，泰士和阿鐵父親只在工作場合上碰面，或通電話閒聊兩句，沒有再好好地聚一聚。雖然如此，泰士不曾懷疑過前輩跟他的情誼。

「阿鐵，是前輩提議你進刑事課嗎？」

泰士把視線從窗外放回站在眼前的新人身上。

阿鐵搖搖頭。「是我自己要求的，不過父親知道後十分高興。我好久沒見他樂成那個樣子了。」

泰士心頭一陣熱。

「或許前輩還是期望我往上多走幾步吧。」泰士心想。

「阿鐵，你還不認識刑事課的組員吧？讓我替你介紹一下。」泰士拍了拍阿鐵的肩頭，「從今天起，我們便是生死與共的同伴了。」

3

蟲II・入侵

自從那天起，裕行成功地跟女孩認識了。

雖然也僅止於「認識」而已。

在「咖啡意外日」的翌日早上，女孩看到裕行時主動打招呼，裕行也給對方回禮。「早安」、「妳好」這些簡單的寒暄，裕行再窩囊也能作出應對。一星期後，裕行鼓起勇氣，打開話匣子。

「每天也看到妳買同款的麵包，味道真的那麼好嗎？」裕行把演練了上百次的話像念台詞般說出。

女孩子嫣然一笑，回答卻出乎裕行意料之外。

「你每天也吃同款的三明治，我也想知道味道是不是真的那麼好喔。」

裕行沒想過對方竟然有留意自己，一時間口舌呆鈍，答不上話。他本來預備了「那我下次也買一個來吃」、「很便宜嗎？這樣也好」、「原來是健康食品吶」之類的回應，奈何這時完全派不上用場。

「這、這一般啦……我只是懶得嘗新罷了。」裕行期期艾艾地笑著說。

「我也是。」女生笑道，隨即前去結帳，「明天見。」她回頭向裕行揮手。

「啊、再、再見。」裕行不知道自己露出了什麼表情，但事後一想，他的樣子一定蠢斃了。

之後，裕行在每天早上數分鐘的交談裡，漸漸增加了對女孩的認識。至少，他知道了女孩叫和美。

「原來你在國大新聞系念書？」和美指了指裕行身上印有大學校徽和學系名字的T恤。

「是的，二年級。」

裕行一邊啜著咖啡一邊說，心想穿這件衣服的決定果然沒錯。

「不難進嗎？」

「不難，我成績那麼爛也進了。」

相處日久，裕行不再那麼緊張，開始有餘暇說說俏皮話——雖然他的內心仍是小鹿亂撞，深怕自己失言留下壞印象。

和美噗哧一笑。

「明天見，裕行。」

裕行對和美的鍾情程度每天有增無減，他愈了解對方，便愈發自心底愛上這女孩。他無法否認他被和美的外表吸引，但隨著二人交談，他更察覺和美性格可愛之處，友善親切的談吐下有著一絲鬼靈精，偶然丟出一兩句充滿睿智的玩笑話，幽默之餘更拉近了兩人的距離。最教裕行驚喜的是，即使面對和美時往往面紅心跳，他竟然也能接過對方的玩笑，輕鬆有趣地回話。他不知道和美怎麼想，但他自覺他們挺投緣，彷彿電波對上，即使相遇日子尚短，卻有種毋須言喻的默契。他沒有魯莽到立即向和美展開追求——他甚至不確定對方有沒有男朋友——他只知道他渴望留在她身邊，好好守護這個女孩子，讓她得到幸福。

他就是如此深情地戀上這個女生。

這樣的生活太美好了——裕行心想。這陣子，除了每天能和夢中情人閒談外，課業也輕鬆起來。因為上個學期裕行多修了學分，這個月開始他修的課數只有之前的一半，有不少時間讓他帶著相機到郊外拍照。

攝影是裕行唯一熱衷的興趣。透過相機的觀景窗，他覺得能夠掌握那個方框裡的世界，就像是和現實的煩惱隔絕，讓他置身於這個不真實的環境之內。將這份感覺捕捉、收進照片，裕行心頭便會浮現一股安心感，恍若他能夠活在那張照片裡，忘卻世間的苦楚與困惑。

初夏郊野的風景吸引著裕行。他不知道為什麼會對一望無際的草坡特別鍾愛，只是隱隱覺得自己能和大自然融為一體。他希望有朝一日能跟自己的伴侶在一望無際的草原上過著簡單平淡的生活——當然，作為都市人的裕行明白這是不切實際的願望。

「人果然要回歸自然啊。」沐浴在陽光之中，裕行躺臥在青草地上，一邊回味著這天早上跟和美聊天的經過，一邊拿著簇新的相機往天空拍照。雖然裕行一向喜歡用底片的傳統相機，但數位相機愈來愈便宜，功能也愈來愈多，照片品質媲美底片沖洗出來的硬照，一想到不用買膠卷可以省下一筆，加上可以無限制地拍攝，裕行也得向科技低頭。

「喀嚓、喀嚓——」

在電子模擬的快門聲中，裕行拍下多幅照片。蔚藍色的天空、雪白的雲層、綠油油的草地、挺拔的大樹，構成一幅幅天然的美景。偶然有麻鷹展翅翱翔，在空中盤旋，為靜態的畫面添上一分活力。

裕行從相機細小的顯示螢幕裡，欣賞自己的作品。在剛才拍的第十八幅照片中，他發現了一個小黑點。

「這是什麼？」裕行按下放大鍵，長方形框框裡的景物不斷變大。那個小黑點慢慢展開，變成一個長條狀、暗紅色的影子。裕行無法判斷那東西的大小，只是它在空中停留著，似乎是會飛的小昆蟲。

裕行突然想起，拿起背包翻出一本相冊。那是上個月他到海邊拍的照片，他曾在一幅照片中見過類似的東西。

「對了。」在第二十三頁，以夕陽作為背景的一個路牌旁，有一個相同的黑影。裕行瞇起雙眼，把照片湊近臉龐，只能看出類似的輪廓。是某種小蟲子嗎？

裕行忽發奇想，把相機切換成連拍模式，往剛才發現小蟲的位置一口氣拍上過百幅照片。他細心地觀察，可是沒有什麼黑影、暗紅色的長條，或者會飛的昆蟲。

「還是別深究吧。」裕行再次躺在草地上，面上似笑非笑，奇怪自己會為一隻小蟲花上半小時的工夫。當他把思緒放到翌日早上跟和美談的話題時，突然發覺有東西在眼前飛過。

「喀嚓……」裕行連忙抓起相機，往空中猛拍。這次他在第二幅照片便看到那隻「蟲子」。

「這是什麼東西？」裕行對著畫面，心底湧出疑問。畫面中的小昆蟲外貌像毛蟲，身體呈暗紅色，看樣子大約有二至四公分長，可是牠沒有腳，只有翅膀。更奇怪的是，牠的翅膀不像金龜子或蜻蜓身上向外伸展的橢圓形薄片，而是很細小狹窄像長條狀的魚鰭，左右各有一片。與其說牠是昆蟲，不如說牠像是海洋生物，就像縮小了的海龍。最教裕行訝異的是，這樣的翅膀比例根本不可能支撐這身體讓牠飛起來。

雖然裕行並不是生物學家，對昆蟲也不是特別有興趣，但遇見這種奇怪的生物，還是勾起了他的好奇心。他放下相機，凝視著某個方向，雙眼往前直瞪，期望捕捉到對方的身影。

「能再看到嗎？搞不好剛才只是碰巧。」

咻。

咻。

剎那間，裕行看到超過一隻蟲子從左往右飛過。那速度簡直比小鳥還要敏捷。

到底那是什麼？是某種未知生物？還是某些瀕臨滅絕的昆蟲？

裕行突然伸手往前一抓。

他不知道為什麼要這樣做，當他回過神來，才發現自己緊握的拳頭中，有個小東西在蠕動著。

他慢慢攤開手掌，手心中正躺著一尾暗紅色的棒狀小蟲。牠只有兩公分長，就像半根火柴，身體呈節狀，可是卻不像毛蟲或蜈蚣那樣彎曲，而是筆直地躺在裕行的手上。閃亮著光澤的外殼有如金屬，可是裕行確認牠是生物，原因是牠身體兩旁長著短小而相連的薄膜，正在緩緩移動。這小蟲子就像一隻蜈蚣，只是身體很硬，腳都連成一片，沒有觸鬚，而且能飛行。

「帶回去讓同學們研究吧？」裕行看著手上的蟲子說。

在短短一秒裡，蟲子突然活過來，沿著裕行的手臂逃跑。裕行慌忙用左手拍過去，可是蟲子躍上裕行的肩膀，攀上他的頸項。麻癢的觸感令裕行打了個冷顫，他兩手不住往後頸猛撥，卻沒有摸到蟲子。

是拍掉了嗎？飛走了嗎？

裕行轉頭往背後看過去，可是沒能看到什麼。他拿起相機，放到肩膊上對著脖子後方按下快門，再按播放鈕，看看蟲子是不是還繫在他的背脊。

當畫面出現時，裕行感到頭皮發麻，呼吸急促起來，血液霎時湧到背部。他感到一陣反胃，可是他本能地沒有張開嘴巴。

蟲子不在他的背部，而是鑽進了他的脖子，潛進他的身體之內。

照片中，他的頸椎旁有一個火柴頭大小的小洞，洞旁的皮膚稍稍凸起，是一個兩公分長的長條狀隆起物。

裕行曲起身子，急忙用手指按著頸項，不斷用力擠壓，就像要掐死自己一樣。他的右手食指摸到腫脹的肌膚，可是任憑他用力擠按，他沒感覺到蟲子從後頸的洞冒出來。

他按捺著驚駭，以顫抖中的手拿起相機，再往後頸多拍一幅照片。畫面中，那個洞還在，可是隆起來的皮膚已經平伏下去。

——如果蟲子不是已經被打掉，便是鑽到更深入的地方了。

當「死亡」的念頭在裕行腦海中閃過，他才醒覺他要爭取時間。他半跑帶爬地走到附近的公路，在一位好心的司機幫助下，給送到附近的醫院急診室。

「我被不知名的蟲子刺傷，牠還鑽進我的身體裡！」他向負責初步診斷的醫師求救。

「哪兒？」醫師不慌不忙，冷靜地問道。

「後頸！在後頸！」裕行轉過身子。

醫師看了看，再問：「哪裡？」

「就說是後頸啊！」裕行氣急敗壞，心想這個醫生是不是瞎了。

醫師皺起眉頭，從抽屜掏出兩面鏡子，遞給裕行。

「你自己看看，再跟我說蟲子刺了你哪兒吧。」

裕行惶悚地接過鏡子，往頸後一照，只見皮膚完好無缺，連疤痕也沒有。

「不、不對！剛才還有個洞的！」裕行大嚷，「醫生你不相信的話可以看看我的照片！」

裕行把相機交給醫師，指著顯示螢幕說：「看，我沒有說謊！看那個洞！」

醫師盯著顯示螢幕，看了老半天，只回答：「那個不一定是洞，黑漆漆的一點，也許是沾上了泥土？如果真是一個洞，至少會流點血吧？」

「我、我之前有摸到那個腫起來的地方啊！」

「你確定沒弄錯嗎？」

「我……」

「但我敢肯定你現在沒有傷口。」

裕行漲紅了臉，無法解釋。

「這樣吧，」醫師嘆一口氣，「如果你擔心的話，我可以安排你照X光，也可以讓你留院觀察，萬一出現症狀我們可以替你注射類固醇防止過敏症發作。這樣總沒有問題吧？」

裕行點點頭，接受醫師的安排。

X光片裡沒有任何異常發現，而三小時過去，裕行也沒有任何被昆蟲螫傷的徵狀。

裕行回到家時已是晚上九點，他沒吃晚飯，累癱在沙發上。平日裕行對一個人生活沒有任何怨言，可是這一刻他卻渴望有家人關心他一下。他還沒上小學時已失去父母，由鄰居一位阿嬤照顧他長大，然而造化弄人，裕行念高中一年級時，善良的阿嬤因為遇上酒駕，和另外兩個路人在毫不繁忙的十字路口被撞身亡。裕行對酒駕司機深惡痛絕，因為他聽過阿嬤說他父母雙亡就是被酒駕所害，更沒想到阿嬤跟父母會遭遇相同的不幸。從高中開始，裕行便一個人住，習慣了獨立的生活。

「是我看錯了嗎？」裕行把手放在頸後，隔著皮膚觸摸突起來的第七節頸椎骨，自言自語。

咻。

在裕行沒看到的角落，一隻暗紅色的蟲子飛過。

4

局外人 I ・ 圈外

大鶇掏出塑膠藥瓶，以逆時針方向把瓶蓋轉兩個半圈，倒出一顆綠色的橢圓形藥丸。這藥丸的中文化學名稱超過四十字，大鶇當然不會記得，他跟一般人一樣使用商業藥名「理思必妥」來稱呼它。一如這個譯名，理思必妥是廣泛被使用的精神科藥物，不過大鶇卻不是為了治病而服藥——至少現在不是。

大鶇曾患上躁鬱症，心情起落有如雲霄飛車，狂躁發作時不單動手毆打妻子，連三歲的小兒子也不放過；而當心情轉為抑鬱時，他便後悔自己的作為，還嘗試過自殺。在妻子忍受不了，帶著兒子離他而去後，他才發覺自己要面對這個病，不能繼續逃避。醫生處方了數種藥物，最後在理思必妥的幫助下，大鶇的情緒穩定下來。雖然這已經是十年前的往事，但這期間大鶇還是定時服藥，因為他害怕舊患復發，再次陷入瘋狂的邊緣。

「這不算濫用藥物，我又從來沒有服過量。」

大鶇時常這樣安慰自己。

病是治好了，但人生卻沒法糾正過來。妻子和兒子離開後音訊全無，他幾經打探查訪，才知道妻子已經再婚，舉家移民外國。他本來在監獄當獄吏，因為這病而丟了差事，於是辦了一家徵信社，從抓姦、尋人至行蹤調查一手包辦。事實上，大鶇憑著在監獄工作時的人脈和情報網，得知不少黑白兩道的內幕，他的客人大都是黑道中人，抓姦往往抓的是背著大哥偷吃的情婦，尋人尋的是挾帶私逃的小弟，而行蹤調查，查的是敵對組織首腦的行蹤。大鶇從不洩露客戶的資料，也從不多管閒事，客戶之後對調查對象幹什麼事情他不會過問。

大鶇蓋回藥瓶蓋，收好，掏出手機。

「我到附近了。泰國菜館？沒問題，五分鐘就到。」

大鶇抓著公文袋，往街角走去。這天晚上他要跟一位客戶報告調查內容。

「充爺，您要的資料就在這兒。」甫進入包廂，坐下，大鶇便把公文袋交給對方。坐在餐桌後的年老男人正用手剝蟹殼，手指沾滿黃澄澄的咖哩汁，他示意身旁穿西裝、臉頰上有道疤痕的短髮男人代接。

「別急嘛，大鶇，」充爺皮笑肉不笑地說，「坐下來，吃點東西，這兒的咖哩海鮮真的不錯——你吃飯了沒有？沒有就正好，坐下陪陪我。」

大鶇不慌不忙地坐下，疤面男人替他倒了半杯黑啤酒。

「先問一句，」充爺說，「是阿誠幹的嗎？」

「是的。」

「哼！我早知是那個臭小子，這次可不會饒他，要他身葬……」

「咳咳。」大鶇乾咳了兩聲。

充爺把話停住，露出獰笑。「對，公事便別談了，嘗一嘗這蟹吧，看這肥美的肉，真是甘甜無比……」

大鶇不讓充爺把話說完，因為他不想捲進麻煩，更要保護客戶的利益。充爺是一名家世顯赫的黑道頭目，他委託大鶇調查組織旗下一筆以貿易公司利潤為名、實為非法賭博所得的鉅款失竊事件。表面上是另一個黑幫僱人打劫，但充爺察覺事有蹊蹺，於是委託局外人大鶇偵查，方知道是家賊幹的好事。大鶇很清楚黑道的地下法律，那個叫阿誠的主謀大概看不到明天的陽光，他的手下也會被幹掉八八九九。只是，他不能讓充爺說出對自己不利的話，萬一警方找上他，他被逼說出這晚的對話，充爺便要負上涉嫌唆使殺人的罪名。

「大鶇，」吃過兩道菜餚後，充爺斜視著大鶇說，「過去幾次的委託你也幹得乾淨俐落，你有沒有興趣來幫我？我保證你的收入比現在多幾倍。」

「謝謝充爺的好意，但我還是保持現狀較好。」大鶇沒有退縮，以溫和的語氣回答。充爺身旁的男人聽到大鶇的回絕感到詫異，因為過去很少人——幾乎沒有——能拒絕充爺的要求。

「你不慢慢考慮一下？」充爺挑起一邊眉毛，「反正你的徵信社只有你一個人，你又沒有家庭負擔，到我手下辦事正適合嘛。以你的能力，不用一年便能取代這傢伙了。」充爺不懷好意地以拇指指了指身旁的疤面男，令對方抽了一口涼氣。

「我已經想清楚了，」大鶇徐徐說道，「我不是不想在充爺您手下做事，只是保持圈外人的身分，在協助您工作時會更方便，對您更有利。」

「哈哈哈！」充爺朗聲大笑，「你這傢伙真的很聰明，口才了得又有膽識。沒錯，圈外人有圈外人的好處，我也不勉強你。」

其實大鶇對黑道的工作已經生厭。縱使他在這方面有過人的能力，但他對這些髒活愈來愈感到無力。每一個涉案者都是混蛋，他慢慢感覺自己也淪為其中一分子。大鶇並不是正義之士，在監獄工作的經驗更讓他對正邪的看法模糊起來，只是他也想辦一些可以在陽光底下現身的案子。每次他替黑道完成一個委託，他便會在事務所的窗台種一棵盆栽，他覺得這種平凡的、具生命力的小事情可以平衡一下他的心靈。現在，他的窗台上已有五十多盆植物，差不多沒有位置容納新的花盆了……他的內心也一樣。

「對了，」充爺打斷了大鶇的思緒，收起笑容說，「最近警方在調查我乾女兒的失蹤，也許他們會盯上你。先告訴你一聲。」

大鶇點點頭，不置可否。他很清楚，充爺的「乾女兒」是他包養的女人之一，去年和小白臉挾款私逃，充爺怒不可遏，結果是大鶇替他查到二人的行蹤。就算沒追問，大鶇也猜得到那對男女的下場，不是埋在深山便是沉在海底吧。

真是令人厭惡的工作。

跟充爺告辭後，大鶇坐上車子的駕駛座，準備開車回到同時充當住家的事務所。一對年約三十的男女牽著一個幾歲大的男孩在他面前橫過馬路，小男孩愉快地笑著，他的雙親一左一右挽著他雙手，一副團欒美滿的幸福家庭模樣。大鶇見狀不由得想起前妻與兒子，然而他感到哀愁之餘，心頭尚有一絲安慰——他明白到與其要他們留在自己身邊受苦，讓他們離開自己，在他不知道的地方好好過活，他還比較安心。大鶇自知不是個好丈夫、好父親，有時甚至會想，或許他就是命中注定孑然一身，當初建立家庭、留下子嗣反而是叛離命運的脫軌意外。他記得兒子的生日日期，卻記不起兒子今年是十四歲還是十五歲，而他也不願意去回想，因為他總想到假如妻兒仍在自己身旁，他替黑道幹的一大票髒事，報應便可能落在家人身上。

他自問永遠無法挺起胸膛，自豪地告訴孩子他的工作內容，讓自己成為兒子的榜樣。

回到事務所，打開昏黃的電燈，大鶇看著窗台上滿滿的植物，他深深嘆一口氣。

希望接下來要處理的委託，不是替黑道辦事就好了——大鶇跌進扶手椅中，從口袋掏出藥瓶。

5

蠱Ⅲ · 支配

裕行對脖子裡的蟲子仍耿耿於懷——即便醫生一再說明，指出他的身體沒有異狀，蟲子什麼的只是一時錯覺。他再三端詳照片，把它們放到二十一吋的電腦螢幕觀察，他仍相信皮膚上的是個洞，是個由那不知名的蟲子鑽出來的洞。每次想到蟲子在他的身體裡棲息，裕行便會起一身的雞皮疙瘩，可是他在浴室對著鏡子照了老半天，還是看不到後頸上有半點痕跡。

「那是幻覺？」

儘管沒有說服力，裕行漸漸認同醫師的意見，蟲子跑進身體裡只是杯弓蛇影。對，杯弓蛇影正好是同一個情況嘛——裕行心想。如果他因為不存在的蟲子而整天擔憂，不就和那個以為自己喝了酒杯中的小蛇、弄得積鬱成疾的古人一樣愚昧嗎？

裕行的生活沒有改變，早上繼續跟和美閒聊增進感情，之後回大學上沉悶的課堂，偶爾拿著照相機拍拍風景。兩星期過去，蟲子的事情漸漸被裕行遺忘。

然而在十五天後的半夜，裕行突然感到一股莫名的浮躁。

在半夢半醒間，裕行彷彿感到身體裡有成千上萬條小蟲子在鑽動。牠們在皮膚下蠕動，就像要咬破表皮，呼吸裕行身體外的空氣。蟲子堅硬的外殼互相摩擦，發出窸窣的聲音，翅膀微弱地抖動，就像壞掉的擴音器，發出令人厭煩的低頻噪音。裕行沒有感到痛楚，相反地，他的骨骼和蟲子產生共鳴，回應著蟲子的活動。這一切令裕行愈來愈焦躁，可是他使不出力，無法喊叫出來。

「不……不要！」

當裕行清醒時，他發覺自己坐在床上，時間是凌晨五點十一分。他摸了摸臉龐，點亮床頭的小燈，望向胸口，只看到被汗水弄得濕漉漉的T恤，沒有什麼要鑽出來的小蟲。

「是惡夢嗎……」裕行揩了揩額頭，抹去沿著眉毛滴下的汗珠。

因為這個怪異的夢，裕行睡意全消，於是爬下睡床，往洗手間走去。

好餓。

也許因為昨天晚餐只吃了一個泡麵，裕行走了幾步便覺得飢腸轆轆。如果要熬到六點多才吃早餐，身體恐怕會受不了，於是裕行決定洗臉漱口，先吃點東西。

扭開水龍頭，清澈的自來水流出，裕行直接把嘴巴湊近，連杯子也懶得用。他仰起頭，從喉頭發出「喔喔」的聲音，然後用力一吐，把水往洗臉盆吐去。

這個簡單的動作，卻令裕行呆住。

他在吐出來的水裡，看到兩根短短的、暗紅色的、大約兩公分長的小棒子。他來不及反應過來，棒子已隨水往排水口流走。前後不到一秒的景象，讓裕行駭異得整個人僵住。

「那是什麼？是蟲子？」

他緊張地張開嘴巴，往鏡子裡看著口腔的每個角落，卻沒看到任何不對勁的情況。他跑回房間，從抽屜裡拿出手電筒，回到洗手間，往口裡照射著，也沒有看到異物。

「蟲子從我身體被排走了嗎？」裕行心想，但另一個念頭瞬間取代這樂觀的看法。「不，剛才有兩根……蟲子在我身體裡繁殖嗎？是寄生蟲？」

面對著鏡子，雙手撐著洗手盆，裕行感到背後一陣寒意。他拿電筒往排水口照射，也沒看到那些暗紅色的蟲子。

「是我……看錯了？」裕行再次安慰自己，「那可能只是血絲？也許我喉嚨傷了，或是鼻腔流血，血液凝固成血塊，剛才漱口把黏在咽喉的血塊吐出來。對，一定是這樣子。」

雖然裕行找到合理的可能，他仍惴惴不安，無法釋懷。不過，縱然心裡起了疙瘩，他依然感到相當飢餓，不安的心情沒有影響他的食欲。

「咦，今天不吃三明治了？」在便利商店裡，和美笑著對裕行說。裕行今天買了一個雞肉便當，在早上六點多吃如此豐富的便當也是有夠奇怪的。

「嗯、嗯，昨晚只吃了個泡麵，今早餓醒了，所以現在多吃一點。」裕行說。其實他在家已經吃了兩個雞蛋和一罐紅燒牛肉，不過就是感到肚餓。

「你身體還好嗎？看你的臉色不大好。」

「還好啦……睡得差所以這個樣子吧。」

「不舒服記得看醫生喔。」和美殷切地說，令裕行心頭一暖。

對，再去醫院檢查一次吧？上次沒有驗血，看看是否染上寄生蟲疾病也好——裕行心裡下了個決定。

下午課後他往一家醫院抽了血，並告知醫生他的情況。他沒有說明兩星期前被蟲子「鑽進」身體的情形，只是提到自己到過郊區，不知道會不會感染了寄生蟲。

「表面看來你沒有被蟲寄生的病徵，你不用太擔心，」這位女醫生跟他說，「只有某些很罕見的寄生蟲會在短時間內致命，但你並沒有相似的徵狀。我們先替你做基本的驗血和驗尿，你回去取些大便樣本，我們再替你檢驗。理論上你沒到過國外，或是某些熱帶地區，染上特別的寄生蟲的風險很低，而且近期本地也沒有值得注意的案例。別杞人憂天，多休息多運動，飲食均衡，就算是感染寄生蟲也不會影響你的生活。」

醫生的話令裕行感到安心。他拿著放糞便樣本的塑膠瓶，回到家裡，打開電視，看著無聊的綜藝節目。吃過街角餐館買的滷肉飯，寫好兩份功課，上網跟同學打打屁，十一點多準備去睡。

可是他又餓了。

打開空空的冰箱，沒找到可以祭五臟廟的東西。本來想睡了便算，但裕行想到昨晚的經驗，便決定到便利商店買個飯糰充飢。

從公寓走到便利商店不用五分鐘，可是晚上這兒附近很僻靜，只有流浪貓狗經過。裕行雙手插口袋，慢步往街道的另一方走著。今早他還忐忑不安，以為自己的身體有什麼毛病，然而不到二十四小時，心情便輕鬆起來。一個人在寂靜的街道上走著，有種舒坦的感覺。

啪、啪、啪……

在街燈的燈罩上，有兩三隻飛蛾以身體敲打著，發出猶如指頭輕敲鍵盤的聲音。

「嗚……」

忽然間，裕行聽到一聲微弱的呼喊。

裕行停下腳步，望向左邊的小巷。小巷位於兩棟丟空了的荒屋之間，據說這裡會拆掉重建，建一棟二十層高的豪華公寓。巷子盡頭分成兩端，但兩端也是死胡同，應該沒有人在。裕行側耳細聽，似乎聽到斷續的談話聲。

「快！」

「不要……」

裕行踮步而行，往巷子的深處走去。巷子只有昏暗的燈泡，不過總算看到環境。裕行走到轉角，看到兩個像小混混的男人抓住一個女生，正要扯去女生的衣裳；女生極力掙扎，可是嘴巴被身後的男人摀住，作不得聲。當裕行正要開聲阻止，微弱的光線讓他看到令他震怒的事實——那個裙子被扯掉一半，襯衫撕開露出胸罩的女生，是和美。

「快放手！」裕行以暴怒的語氣大喝。

和美看到裕行，流露出夾雜希望和驚懼的眼神。兩個男人先是一愣，捂住和美嘴巴的那人稍稍鬆了手，但隨後看到裕行只有一人，察知優勢仍在己方，兩人連眼神也不用交換，立即知道接下來該怎麼做。原本對和美上下其手的傢伙拔出刀子，三步衝到裕行跟前，裕行沒料到對方反應這麼快，後悔著沒保持冷靜，先用手機報警或早一步往大街呼救——在他還沒有反應過來時，混混的刀子已向前刺出，而他連後退閃躲的機會也沒有。

「啪！」

眼見刀子往腹部刺來，裕行突然本能地伸手扣住對方手腕，刀尖在他身體前一公分止住。那男人的臂力不弱，但裕行這一扣勁度比對方更強，裕行緊緊一揑，那傢伙的手腕吃痛，手一鬆，刀子「乒乓」一聲掉到地上。

男子沒料到裕行後發先至，更被那力度嚇倒，但他沒有時間細想，因為裕行另一隻手的拳頭已擊中他的腮幫子，霎時間他感到天旋地轉，整個人往右邊飛去。那男人並不知道在他中拳的一刻，兩顆大牙已被裕行打掉，他只感到臉上、手腕和撞在地上的背脊一片劇痛。

抓住和美的男人看到這幕，錯愕得慌了手腳，手一鬆，和美便用力掙脫，往裕行跑過去，一把抱住。男人見機不可失，把倒地的同伴扶起，頭也不回地逃去。

「嗚……裕行……」和美哭喪著臉，抱著裕行，細小的身體不住顫抖。

「他們沒有對妳怎樣吧？」裕行抓著和美的肩膀，著緊地問道。

和美抽噎著，茫然地搖搖頭。

「裕行……還、還好你及時來到……嗚……我今天只是準備社團的活動所以才這麼晚的……姊姊本來說會接我，但我以為一天半天無所謂……嗚……都是我不好……我下次不敢了……」

「好了，沒事了，這不是妳的錯，不是妳的錯……」裕行擁抱著和美，在她耳邊輕聲說。這時，裕行才發覺他抱住和美赤裸的肩頭，半裸的胸脯貼著他的身體，腰帶斷掉的裙子掉到地上，光溜溜的大腿上只有貼身的內褲，渾圓的屁股在幽暗的燈光下顯得非常煽情。和美就像一頭受傷的小動物，躲在主人的懷抱裡。

和美伏在裕行肩上啜泣，心跳透過緊貼的肌膚，傳到對方身上。裕行的腦海一片空白，身體每一處正享受著這一刻。無論是和美身體的溫度、肌膚柔軟的觸感、髮梢散發的香氣，裕行貪婪地吸收這一切。一股無法言喻的強烈欲望，從裕行的內心迸發出來，支配著他的每一寸神經、每一個細胞。他無法按捺，理智消失得無影無蹤。他把嘴唇湊往和美的耳根。

不過這股欲望不是色慾。

是食欲。

「呀──！」

和美慘叫一聲，粉頸染成一片血紅。裕行沒有放開手，緊緊地掐住肩膀。

「不──不要──不……」和美抓住裕行的手臂，轉眼間昏死過去，裕行的手指掐進鎖骨下方，把她的左手手臂連骨帶肉扯掉。

裕行貪婪地吞噬和美的一切，品嘗她柔軟的肌膚、溫暖的血液。他單手抱著和美的身軀，吸啜著她細小可愛的手指，發出嗞噗嗞噗的聲音，在巷子裡迴盪著。他解開和美身上僅存的衣物，用手掌和牙齒享用這菜餚。玉米色的脂肪從剖開的皮膚暴露出來，裕行沒嗅到血腥味，只聞到撲鼻的香氣，他用舌尖舔著對方的體液，甘甜的味道在舌頭上散開。暗紅色、粉紅色的臟器整齊有致地排列在軀幹之中，裕行把它們逐一取出，以欣賞藝術品的眼神細心察看。他要在視覺上吃掉和美的每一部分。

從肌肉到血管、血管到內臟、內臟到骨髓，裕行沒放過任何一處。就像要把和美分解成碎片，送進自己的身體裡，吸收她的血肉，占有她的一切，她的肉體、她的意識、她的記憶、她的靈魂。

「和美……」裕行噬咬著和美的心臟，微顫的心臟肌肉令他感到無上的滿足。裕行露出愉快的微笑，像個小孩子天真無邪的微笑。

「嗚……裕行，為什麼你要這樣對我？」是和美的聲音。

裕行猛然從床上坐起來，兩手抱著頭，大口喘氣。

「這是什麼變態的夢！」裕行瞪大眼睛，全身不停發抖。望望時鐘，時間又是凌晨五點十一分。「我被五點十一分詛咒了嗎？」

夢境裡每一個細節，仍然歷歷在目。裕行嚥下一口口水，喉頭發出「咕嘟」一聲。我是個變態嗎？還是欲求不滿？裕行對自己的妄想感到極其內疚。最令他不安的，是夢境裡和美被他撕開時，他竟然感覺不到一絲罪惡感，就像吃烤雞那般自然。夢境中的空氣毫不令人噁心，反而刺激起他的食欲。

裕行開始懷疑他得的不是寄生蟲，而是精神病。只是他想不到在生活順遂的這陣子——除了被那小蟲嚇了一跳外——沒有壓力下為何會患上精神病。他不知道父母的病歷，搞不好那是遺傳性的精神病，他不能抹煞其中的可能性。

「想太遠了。」裕行搔搔頭髮，起床往洗手間走去。

亮起洗手間的日光燈，裕行走到馬桶前，準備解開褲子小解。可是他經過鏡子時感到有點不對勁。

他後退兩步，鏡中的影像令他瞳孔放大，陷入歇斯底里。

他的T恤沾滿暗紅色的血跡，從領口到腹部，呈現倒三角形的一大片。運動長褲在膝蓋以下也是一片紅褐色，大腿上留下斑駁的血痕。

這些也不是最令他害怕的。

真正教他絕望的是，T恤的短袖子上有個血掌印。那個手掌的大小只有裕行手掌三分之二大——那是「夢境」裡和美的手掌大小。

裕行嘴角還留著乾涸掉的血跡。

那不是夢境，是現實。

6

獵人II ・ 調查

一上班便要趕往案件現場是一天最糟糕的開始——泰士如此想。早上八點多正打算回警局，卻接到電話，說東區發生凶案，要急忙改變行程和工作日程，真是不好的兆頭。

凶案現場在一條小巷之中，員警拉起封鎖線，阻止記者和湊熱鬧的市民接近。當泰士走過彎角，看到那情景時，眉頭不由得緊皺。

巷子地面上滿佈血跡和肉塊，範圍足有四至五公尺，散落一地。骨頭、殘肢、絞碎的內臟、凌亂破落的衣衫，分散在巷子的四周。一般人看到，大概會覺得死者意外被大型機器輾過，或是曾被野獸爭奪噬食，因為正常的犯人——甚至是不正常的犯人——也很難做到這個地步。如果說屍體是被野獸的利牙銳爪撕碎，這頭猛獸應該比獅子老虎還要凶猛。

然而泰士從微小處看出這不是野獸所為。

在地上一角的襯衫雖然破爛，但鈕釦仍然完好，散落旁邊的內褲和襪子也沒破損。

沒有野獸擁有靈巧的手指，能把屍體的衣服脫下，再慢慢進食的。

而從屍塊集中的地方，至巷子出口的地上，有零落的鞋印。鞋印不大完整，也只有幾個，在巷子出口已消失，可是這些鞋印都是由血跡印下。腳印的主人曾踏上死者流出的鮮血，再離開現場。

那是兇手的足印。

更重要的是，泰士不是第一次看到類似的現場。

泰士往前走幾步，繞過正在搜集證物的員警，察看著每一個細節。頭顱算是保持完好，連著半邊脖子滾在一旁的竹簍前，不過左邊耳朵後破了一個大洞，灰白色的腦漿流了出來。死者的容貌就像個沒生命的人偶，沒有猙獰的死狀，沒有瞪大雙眼的表情。泰士端詳一會，發覺這死者是個美人兒，有一頭烏黑的長髮，即使被撕成碎片，也能看出她本來的秀麗。

「組長，我來了。」阿鐵掛起探員證，來到泰士身後，向上司報到。

「阿鐵，我們又有B04了。」泰士回過身子，目光卻沒放在阿鐵身上，繼續盯著地上的屍塊。

「B04?·啊，是那個『B04』?·」阿鐵往泰士背後一看，始發現地上的慘狀。

「你讀過案例吧，就是那個B04。」泰士嘆一口氣。阿鐵很清楚B04指的是什麼類型的案子，只是沒想到自己上班一個月便要處理這種大案。十五年前，阿鐵父親接辦的女生分屍案便是B04案例設立以來的第四宗，當時刑事一課不眠不休連續工作了一個多月才找到元凶，解決事件。泰士加入刑事課後，也曾處理過兩起同類的案子，雖然兩次都完成任務，但調查過程十分不愉快。

不過泰士明白，這便是他留在前線的價值。他對自己的偵訊能力有相當高的自信，交給旁人處理，也許會有更多的屍體出現，令社會動盪不安。恐懼和疑竇是人類的通病，它們的傳染性比流行性感冒更強，稍一不慎，脆弱的群體結構便會崩離瓦解，帶來的衝擊難以承受。

「動作要快。」泰士自言自語道，企圖擺脫內心的焦灼。

「組長，什麼？」阿鐵聽不清楚。

「沒什麼，我只是說不可以浪費時間。」泰士抖擻精神，對旁邊一名員警說，「是誰發現屍體的？死者的身分確認了沒有？」

「身分已確認了，是一名在附近居住的十六歲女高中生，旁邊的書包裡有死者的證件。發現屍體的正是死者的姊姊，她現在在警車上接受心理輔導。」

泰士吩咐幾名部下處理證據和到附近查問後，和阿鐵走到停在大街上的警方箱型車。車上一位女生淚如雨下，旁邊一名穿便服的女警搭著她的肩膀，輕聲安慰。女警看到泰士來到車外，把紙巾遞給女生，下車跟長官報告。

「那是死者的姊姊，也是屍體發現者？」泰士問。

「是的。」女警回答，「不過她的情緒還有點不穩，恐怕不能協助調查……」

「這是B04。」泰士簡單地說了一句。

「這樣子……請您先等一等。」

女警回到車上，跟女生輕聲說了幾句。女生遲疑了一陣子，稍稍點頭。

「組長，可以了。」離開車廂，女警跟泰士說，「只是請您體諒一下，她心情仍未平復，可能無法問出有用的線索。」

泰士拍了拍女警的肩頭，示意了解，和阿鐵踏上箱型車，關上車門，跟女生面對面坐著。

「小姐妳叫……」泰士拿起旁邊的文件，那是之前警員初步登記的資料。

「我叫由美，是和美的姊姊。」女生拭乾眼淚，以堅強的語氣說。

「我是刑事一課的指揮官，妳叫我泰士就可以了。」泰士掏出名片，放到由美抖動的手中，「麻煩妳說一次妳發現和美的經過。」

泰士刻意避開「死者」、「屍體」、「現場」等詞語，以免由美過於激動，沒法掌握重要的情報。

「我妹妹……」由美深呼吸一下，「昨天我妹妹在高中的社團有活動，跟我說過會晚一點回來，叫我不用等她。平時她夜歸我都會到公車站接她，但我昨天要趕寫一篇論文，她怕打擾我，怎麼知道……」說著說著，由美再次熱淚盈眶，開始哽咽。

泰士從紙盒抽出兩張紙巾，遞給由美，沒追問下去，靜待她回復過來。泰士發覺，由美的樣子跟死者極為相似，一樣留著長直髮，眉毛、眼睛、臉頰和嘴唇也差不多，活脫脫像一個模子倒出來的。由美身上穿著一件單薄的黑色短袖T恤，下半身穿著一條花布短褲，身材凹凸有致，腳上穿著露出腳趾的便鞋，雖然沒有化半點妝，但樣子娟秀。泰士瞥了旁邊的資料一眼，死者和美十六歲，由美比她大四歲，在附近的大學念外文系三年級。

「抱歉……」由美抽搭著，緩緩地說，「昨晚我在家寫論文，因為太累，不小心睡著了，今早差不多六點才醒過來。那時才發覺和美還沒回家，打她的手機又沒有人接，心一慌，便到街上看看，怕她遇上……意外……」

由美狠狠地握著被淚水浸透的紙巾。阿鐵瞧了瞧她，才明白她這身裝束並不是裝性感，而是因為擔心妹妹出事，慌張跑到街上沒時間換衣服而已。

「我在街上不斷打她的手機，當我經過廢屋間的巷子時，聽到裡面傳來熟悉的鈴聲……」

由美強忍眼淚，一字一字把話吐出來：「……然後便看到了。」

泰士很清楚目睹親人被分屍的悲慟是多麼地沉重，畢竟由美不是他第一次遇上的死者家屬。過去每次他也要忍受這難耐的沉默。他很想大聲說，要找到凶手便不能浪費一分一秒，可是他不會把心情表現出來。

他知道忍受這沉默也是他的職責之一。

「妳近期有沒有看過可疑的人物？和美有沒有跟妳提起任何不尋常的事情？」泰士問道。

由美搖搖頭。

這也是泰士料想中的答案。

「長官先生，」由美抬頭，以恐懼的目光看著泰士，說，「到底和美遇上了什麼？為什麼她……她會變成那樣子的？」

「不是『什麼』，是『誰』。」阿鐵漫不經心地插嘴說。

由美錯愕地看著阿鐵，再看著泰士，露出難以置信的表情。

「你……你說和美是被人殺死的？但、但這樣子的……應該是……野獸……」

泰士瞟了阿鐵一眼，責怪他說溜了嘴。

「咳，是人為的。」泰士說，「這是人為的凶殺案，過往我們也遇過同類案件。」

「可、可是……人怎、怎可能……怎、怎麼……」由美結結巴巴，無法把句子說好。

「凶手很可能患有一種叫『解離性狂暴人格障礙』的精神病，俗稱『Berserk-dissociative disorder』，成因不明，患者病發時會產生極端的暴力傾向，以近乎野獸的本能去殺死獵物。這不是首例，我曾逮捕過兩個患這病的犯人，只是媒體都以單純的殺人犯來報導，防止社會陷入恐慌。這種病的患者一旦感覺到他人的恐懼便會增加發病的可能，我們封鎖資訊，也是為了預防潛在的患者失控。」泰士以平坦無感情的聲調，向由美說明。

由美亦恨亦懼地聽完泰士的話，拳頭緊握，指甲掐進掌心的皮膚，血絲把紙巾染紅。

「所以我們要分秒必爭，盡快把犯人找出來，防止出現第二甚至第三名受害者。」泰士說，「由美小姐，如果妳記起任何小事也請跟我們說，我們不知道凶手會不會就在妳們身邊。」

由美反應不過來，良久才微微點頭，眼神充滿驚悸。

泰士和阿鐵離開車廂，讓由美一個人冷靜一下。二人步回巷子前，阿鐵主動說話。

「組長，你告訴她這個……」

「還不是因為你我才要說明清楚，」泰士沒好氣地說，「不過她不會對人說的，看她的樣子就知道她是個懂分事情輕重的人……啊，忘了跟她拿一些死者的生活照，方便追查。」

「由美小姐方面讓我跟進！」阿鐵搶白說，「我現在就去跟她套取情報，請組長放心！」

阿鐵沒讓泰士拒絕便回頭往警車走去。他不知道泰士看在眼裡，明白他舉動背後的原因。剛才阿鐵直盯著由美的粉嫩大腿，不過由美心煩意亂，沒有留意。

「喂喂，別把私人事帶進工作，有點分寸……算了，他也到這個年紀了吧……」泰士暗忖，回憶起年輕的自己。

「組長，有發現。」一名刑事一課的組員跑到泰士身邊，他帶著泰士走回屍塊旁，指著一旁發霉的瓦楞紙箱。紙箱蓋住一個柄子似的物體，鑑識人員拍照作紀錄後，拿起紙箱，發現一柄短小的摺刀。

泰士戴上手套，撿起刀子，細心地察看。金屬的刀柄刻有誇張的花紋，本來光滑的地方有不少刮痕，顯示刀子的主人時常把刀放在口袋裡，跟硬幣或打火機之類的東西碰撞——這些特徵都表示刀子的主人是個愛出風頭的小混混。刀鋒很乾淨，沒有血跡也沒有灰塵，應該是案發前後有人留下的。泰士很清楚B04事件裡凶手不會使用道具，那這柄刀子到底是誰遺下的？

泰士瞇起雙眼，凝視著刀鋒的尖端。

除了目標人物和死者外，當時很可能有第三者存在。

7

局外人II・委託

大鶇沒想過會接到這樣的委託。

坐在他面前的，是一個戴黑色粗框眼鏡、外表正直的青年。和黑道人物打交道多年，難得有這樣的一般人來到他的事務所，拜託他調查。

然而調查項目比之前替黑道處理的更黑暗、更悚然。

對方委託他插手調查一宗殺人事件，就是四天前在東區發生的女學生分屍案。

大鶇三天前讀報，從文字也能感覺到凶手的殘忍，想像到犯人如何把女生殺害後分屍。新聞沒說明案發情況，大鶇猜想是變態的傢伙把女死者先姦後殺，或是援交妹跟小混混起了爭執，被處以極刑——不，不會是小混混，雖然今天的小鬼膽大包天，也不會幹到這個地步，通常殺了人便算，分屍什麼的像是黑道執行家法……可是黑道不會讓屍體大剌剌地躺在後巷，思前想後，大鶇還是覺得只是單純的變態強暴殺人犯的犯行。

「陸先生，」大鶇對面前的男生說，「你說要委託我查這分屍案是什麼意思？我這間徵信社可不處理刑事偵查，況且警方正在調查，私家偵探插手只會妨礙他們工作。」

男生雙手放在腿上，表情沮喪，緩緩地說：「我希望能找到和美的死因，我……我信不過警察。」

大鶇察覺到男生說這話時表情微妙，於是追問：「為什麼信不過？」

「他們就是信不過，為了平息事件，會隨便抓人頂罪。」男生的語氣強硬起來，「這是他們一貫的手法吧？」

這青年似乎吃過警方的什麼虧——大鶇猜想。

「不會啦，又不是三十年前，今天的警察辦事公正，不會胡來啦。」大鶇輕鬆地說著，一邊掏出菸包，抽出一根菸。

「但我的爸爸……」男生欲言又止。

「令尊怎麼了？」

「他……是含冤而死的。」男生以落寞的語氣說，「他只是個平凡的會計，卻被警方指替黑道洗錢，被判監十年，結果在監獄裡第二年便自殺了……不、不是自殺，是被殺的……一定是……」

大鶇準備點火的動作止住，拿著打火機的手懸在半空——男生的話恍如電流刺激起他的回憶，教他驚訝。

「你的父親……生前是在貝克貿易公司工作的嗎？」

男生一臉錯愕地點點頭，像是驚訝於大鶇知道這事件。

「是五年前的事吧，我看過報導。」大鶇邊說邊拿下嘴裡未點燃的菸。他的確看過報導，但他清楚那事件的原因並非如此。

那個會計師是他一手送上法庭的。

當年有一個黑道組織內訌，分裂成兩個派別，數次火拚、談判、爭奪地盤後，其中一邊使用了禁招，利用警方打擊另一組人，吞掉組織的實權。他們僱用大鶇調查對方用來洗黑錢的貿易公司，掌握證據後送給警方，藉此削弱對方的財政收入，使對方變得不堪一擊。借用警方是黑道的禁忌，可是那派別的人利用局外人大鶇的特殊位置，不沾污雙手便達成目的。

那人是罪有應得的——大鶇很想理直氣壯地告訴男生真相，但他說不出口。

因為那個人在獄中自殺也是事實。

相比起販毒、殺人、欺壓良民，洗黑錢的會計只是小奸小惡吧。搞不好，他們不過是依令而行，受老闆擺佈而已。他們當然有罪，但罪不至死……每次大鶇想到這，都有股苦澀從喉頭湧上。他不清楚那次調查中有多少名小職員被判刑，當時他只想快點完成任務，找到帳目紀錄，誰入獄誰獲釋他不想理會。

可是上天就是有意戲弄他，要他一年後留意到一宗平平無奇的囚犯自殺報導，讓他發現死者是那起案子的涉案人之一。

他更加沒想到，現在坐在面前的，是自己一手造成的業。

「你怎麼找上我的？」大鶇問。大鶇從沒有打廣告，除了黑道外很少人認識他。

「我這幾天找了很多家徵信社，他們都說不接辦刑事調查，有些連會面也沒有，乾脆在電話拒絕我。我今早在附近找過一家也被回絕，經過這兒看到你的門牌，所以想說姑且試試……」

也許這便是天意吧，那個不起眼的事務所招牌也能招來客人——大鶇苦笑一下，放下手中的菸，回頭看看窗台上茂密的植物。

「告訴我詳情吧。」大鶇定睛看著青年，「先告訴我，你跟死者是什麼關係。」

男生露出欣喜的表情，回答：「謝、謝謝。和美是我的女朋友，我們一年前在朋友介紹下認識，感情一向很好。她是個很善良的女孩子，很關心他人，沒想到她……」

「她在澄明讀高二吧，」大鶫看見對方的表情轉變，插嘴說，「和姊姊住在案發現場附近，案發當晚因事夜歸，遇上凶手被害。這些是我在報紙得悉的資料，有沒有錯？」

青年點點頭，說：「我只在出事前兩天跟她見過面，所以期間發生什麼事情，之前有沒有什麼突發事件我也不清楚。」

「案發前你們有沒有通過電話？」大鶫想確認死者遇害的時間，報紙上寫得含糊不清，或許是警方刻意隱瞞。

「沒有，我們很少通電話，就算是訊息也沒幾個。我們只會定期在週末約會。」

「今天的情侶很少像你們這樣子冷淡吧，一星期才碰一次面？」

「我……我們的關係沒有曝光。」青年洩氣地說，「因為我連高中也沒畢業，當了幾年學徒，換過幾份工作，現在在一家印刷廠當雜工，加上我父親的事情，我不敢讓她的家人朋友知道我們的關係……」

也難怪了——大鶇恍然，明白對方的立場。自己的女朋友遇害，他不但不能找朋友傾吐，就連對女朋友的家人也不能明言他們的關係，也許連喪禮也不能出席。撇開青年的自卑感不談，以死者家人的角度來看，親人死後才被告知她有位祕密戀人，情形也夠尷尬的。

「和美有沒有仇人？例如校內霸凌之類的。」大鶇問。

「應該沒有。」

「有沒有聽她提過有人跟蹤她，或接過騷擾電話等等？」

「沒有。」

「她有沒有說過任何不尋常的事情？」

「沒有。」

「那你有沒有什麼情報或線索可以告訴我？」

「……沒有。」

「陸先生，」大鶇拈起擱在菸灰缸的菸，以打火機點燃，深深吸一口，一邊吐出白煙一邊緩緩地說，「這樣子就算我願意接受委託，也沒有把握可以查出真相啊。

因為是嚴重的刑事案件，即使我在警局裡有些人脈也不一定能套到消息，從另一個方向來看，死者沒有跟人結怨，也沒有受過騷擾恐嚇之類，凶手很可能是突然起意的變態色魔，和美只是不幸跟他遇上。如此一來，要在人海中找到這犯人，是不可能由我這一個小小徵信社社長所能處理的。」

青年流露出失望的眼神。

「而且，我的調查費不便宜，我不認為在印刷廠當雜役的收入足夠支付。」

「這方面請你不要擔心！」青年掏出信封，打開，裡面有厚厚的一疊鈔票。「我已經準備好現金了！」

「你怎麼有這麼多錢的？」大鶇訝異地看著信封。

「我……我向高利貸借的……」

大鶇嘆了一口氣，沒想到青年有這樣的覺悟。大鶇猜他真的深愛和美，願意犧牲一切為對方討回公道，讓她安息。

「你知道黑道怎樣處置不能還款的傢伙？」大鶇說。

「我知道，我已經準備好簽下保險契約後被殺……反正我沒有家人，和美又不在了，用性命換取公義，我沒有怨言。」

「這傢伙……」大鶇心裡罵了一句，嘴角卻不由得稍稍上揚。

「好吧，我接受委託。」

「真的？」青年喜出望外。

「趁我還沒改變主意前，給我簽下委託書。」大鶇從書桌旁的架子上抽出一份文件，「還有，我可以免去你的訂金，等工作完成後你再付費用。所以你趁早把借款歸還，之後要結帳時再想方法籌錢吧。」

大鶇一向討厭這種裝模作樣的態度，可是今天他卻對此感到開懷。他想，至少他不用為這項工作添購一盆盆栽。

「謝謝，十分感謝！」青年在文件上簽名，一邊簽一邊向大鶇鞠躬。

「好了，現在我要先查問一些資料。」大鶇掏出記事本和墨水筆，「和美遇害當天為什麼夜歸？」

「她是美術社的社員，學校就快辦校慶，她們要弄展覽。聽說進度落後不少，所以那天晚上在學校佈置，才會弄到晚上十點多十一點才離開。」

「你怎麼知道的？你不是說事發前兩天也沒有跟她聯絡嗎？」

「剛才我說過我們是朋友介紹認識吧，我的一個中學同學跟和美一個同學是情侶，我是從他們口中知道的……我沒詳細詢問，因為他們也不知道我們的關係……」

「唔……十一點才回家的情況常見嗎？之前有沒有這樣過？」

「也有，但很少。聽和美說，通常也只到八點或九點，偶爾才會到十一點。」

「唔……不是有規律的……」大鶇一邊記下資料，一邊沉吟。「和美回家是搭公車？我記得澄明到東區有一輛公車行駛。」

「是的，她是坐公車上課下課的。」

「她平時有沒有特別的消遣？例如下課後去逛街或到咖啡店跟同學閒聊等等。」

「沒有，她只喜歡繪畫，平常很早回家。不過有時會在學校美術室作畫，七點左右才回去。」

「可不可以說說她的生活習慣？」大鶇以筆桿搔搔頭，問道。

「她……早上六點起床，梳洗後到街角的便利商店買早餐，然後一邊吃一邊等公車上學。午飯吃自製的便當，下課後搭同一路線的公車回家，有時回家前先到學校附近的市場買菜，坐另一線公車回家，之後準備晚飯。她和姊姊每天輪流做菜，有時會到附近的餐廳。聽她說她睡前會看一會兒小說或漫畫……大概就是這樣子。」

「她的生活相當有規律啊……」大鶇自言自語。

雖然大鶇剛才說過這案子非常棘手，但他其實有一些想法，只是不想向他人透露。首先，他想知道凶手是否已經跟蹤死者一段時間，是否是一個有計畫犯罪、掌握死者日常作息的犯人。可是，和美的生活規則和遇害時間卻恰恰和這假設相反——和美平時的生活很有規律，有計畫犯罪的凶手下手的話，應該會選在合乎平日規律的時間，也就是死者在黃昏回家的時候。當然這個時間能否下手是另一個問題，但凶手在死者突發性改變回家時間的當天犯案，便跟以上的推測不符。

反過來想，凶手可能一直跟蹤死者，發現了事發當天難得的機會，於是下手。不過這樣一來，凶手便得跟蹤死者的行程，包括在學校的情形。澄明女中有數個出入口，大鶇記得，市場方向和往東區的公車站方向是南北兩道不同的校門，除非凶手能混進女校，否則難以做出長時間的跟蹤。更重要的是，沒有犯人會去跟蹤一個生活有規律的女生，要下毒手，只要守在對方的家附近便成。如果是這樣子的話，犯人很可能住在現場附近，甚至是死者的鄰居。

當然，有一個可能是令人絕望的，便是凶手是隨機起意殺人。和美只是不幸地遇見凶手，而凶手又突然起殺意。不過這樣的殺人魔應該會再犯，畢竟殺人取樂就像吸毒，是會上癮的。

大鶇憑著以上的推想，覺得靠他一個人破案的機率也不是零，而且他更打算動用他的王牌——在黑道的關係。警察問不出來的事情，在黑暗世界裡反而能夠流傳，雖然他不想涉入那個世界太深，但這類案子，黑道也想盡快解決。如果是組織裡的人所幹，他們不想被警方拿來當藉口打擊他們那些見不得光的生意，會選擇犧牲犯人或是找替罪者冒認；如果是組織外的人所幹，他們更不想自己的地盤裡發生自己控制不了的事情。

還是有可能找到真相。

「你有沒有和美的照片？方便我調查用。」大鶇問道。

「有，有。」青年打開身邊的公文袋，掏出一疊照片。照片裡的女孩清麗脫俗，長髮披肩，明眸皓齒，大鶇一想到這女孩慘被分屍，就覺得凶手實在太殘忍、太不人道。大部分照片都是單人生活照，有穿便服的，有穿校服的，只有一幅是跟青年的合照。照片中他們親暱地擁抱著，背景像是在公園裡，身後還有些穿校服的小學生在嬉戲，陽光燦爛。從照片的角度來看大概是青年單手舉起相機自拍的。

「她看起來好像很累？似乎滿懷心事的樣子？」大鶇不以為然地說。

「她那天有點不舒服，但也願意陪伴我……那是我們最後一次約會時拍的……」青年開始哽咽。

察覺自己觸及對方的傷心處，大鶇收起照片，以誠懇的語氣說：「我向你保證，我會盡力調查，找到真凶。」

青年離去後，大鶇掏出藥瓶，倒出一顆藥丸。看著藥丸，他有點猶豫，最後還是送進嘴巴裡。他彷彿覺得，只要辦好這個委託，他就不用依賴藥物，能正常地面對生活了。

大鶇拿起水杯，把清水澆到窗台的植物上。

8

蟲Ⅳ · 幻象

裕行已經一個星期沒回大學——他已經一星期沒離開住所。

在電話向同學訛稱患了感冒，拜託他們向校方請假後，他一直瑟縮在床上發抖。

他曾希望那只是夢境，衣服上的血跡也只是幻覺，可是當他從電視新聞中看到報導時，他知道他真的犯下無法彌補的罪行。

電視畫面上播放著和美清秀容顏的生活照，下方的文字寫著「優等生少女慘遭碎屍」。

他把和美殺死了。

他將那個他決定好好守護、要讓她得到幸福的女孩子殺死了。

不止是殺死，更是徒手把和美撕碎、吞食。裕行不知道他的力氣從何而來，只是記憶中他把和美的肌膚一絲一絲捏下來時，毫不費力，就像把橘子剝開掏出果肉一樣容易。

一想起當時的畫面，裕行便感到一陣暈眩，那股追悔莫及的無力感揮之不去，望向雙手，彷彿仍沾滿鮮血——更是他心上人的鮮血。然而最令裕行痛苦的，是這些回憶不止充滿著殘暴、罪孽、遺恨和悲慟，當中還有一絲快感，是滿足了欲望的快感。

「我竟然享受殺人！我竟然享受進食人肉！」裕行抱頭痛哭，手指捏進頭皮，彷彿他要把那個異常的腦袋從頭顱挖出來才能減輕他的痛苦。

在混亂和愧疚之中，裕行開始思考他變化的原因。

是那蟲子。

那該死的蟲子。

就在那個詭異的、被上千上萬條蟲子侵蝕的夢境出現後，他的身體才開始異變。鑽進他後頸的蟲子不是幻覺，他吐出來的也不是血塊。他被不知名的東西侵入、影響、控制。殺害和美的，是那蟲子。

縱使裕行認為這是主因，他仍不能原諒自己，因為那股欲望是發自內心。為什麼自己沒去抵抗？為什麼向欲望屈服？人類就是有理智、能克制欲念才是人類啊！

「我……或許已經不是人類了？」

是被那蟲子支配了嗎？那是外星寄生生物嗎？

裕行很清楚自己身體的變化。外表上沒有任何不同，他沒有長出尖細的獠牙、指甲沒有變成利爪、皮膚沒有冒出野獸的剛毛。他只是力氣變得比正常人大，反應更敏捷，但這些都不是重點。最大的變化，是進食。

裕行已經一個星期沒吃沒喝，但他仍然生存著，沒有任何脫水、營養不足，或因為飢渴而出現的身體反應。事發後第一天，他以為自己只是沒有食欲，結果七天過去，他的身體也沒有任何進食的欲求。

他好像吃飽了，因為吃掉和美所以飽了。

這令他更頹喪。即使殺死和美並不是他的意願，他的身體還是誠實地告訴他，他正在消化和美的血肉，來維持自己的生命。

我是怪物，是同類相食的怪物——裕行在內心高聲疾呼。他無法懺悔，因為他無法原諒自己。他想過結束自己的生命，但他的身體裡就像有個安全鈕，讓他無法實行自殺的行為。

「如果我之後繼續吃人怎麼辦？」他每天都在思考這個假設性問題，也因此他不敢離開住所半步。

他每天留意電視新聞。他害怕事情曝光，被人知道他是凶手、是吃人的怪物，但同時他也期待警察突然登門把他拘捕，讓自己不用繼續躲在家裡惶惶不可終日。令他出奇的是，媒體對這案件似乎不大熱衷，翌日已經沒有跟進報導。

那是一條人命啊——由凶手說出這句話很諷刺，但裕行確實感到傷心，為和美的死感到痛苦。

然而裕行知道，自己的傷心痛苦遠不及和美家人所承受的。他無法估計和美的親人得悉死訊、知道她的死狀後，會受到多大的打擊——莫名其妙地失去女兒、姊妹已令人傷心欲絕，更何況發生在和美身上的是最駭人、最殘酷最不人道的死無全屍。假如他們嘗試想像和美死前一刻的經歷，就算心靈如何強大、意志如何堅定，也足以粉碎理智，直墜入黑暗與恐怖的深淵。

——家人。

裕行不曉得對現在的他來說，他父母已離世是好事還是壞事。倘若他父母尚在，此刻他便有更大的擔憂，害怕自己的凶行會連累父母，讓他們肩負兒子的罪孽。裕行更不自覺地想到，搞不好他會再度失去理智，連父母也一併殺死、吃掉，如今他一人獨居，至少不會讓這可怖的情況發生。不過，裕行心裡渴求有人能分擔他的罪責，至少能在他如此徬徨的一刻聽他傾訴，讓他釐清腦袋裡的一片混亂。

他害怕孤獨會讓他漸漸失去人性，僅存的理智會被身體裡的蟲子完全消滅。

「和美……」一星期後，他漸漸惦掛起跟和美相遇的時光。雖然對話不多，但他懷念起每天早上幾句寒暄當中感受到的那份默契。他逃避了一個星期不敢回想的當晚的細節，也愈來愈清晰，當時那兩個男人正要侵犯和美，自己碰巧經過，在千鈞一髮之際拯救了心儀的女生，這本來是電影裡才可能發生的橋段，是男女主角發展感情的契機。

「那時和美抱著我……」裕行想到當晚的情境，同時卻無力地搖頭，試圖擺脫無意義的遐想，對自己產生強烈的嫌惡感——他無法接受自己在殘殺一個女生後，竟然還對這個女孩子抱有幻想。

「我真卑劣……我連內心也變成下賤的蟲子了……」

裕行失神呆然地瞧著房間一隅，思緒就如一滴滴滲進水缸的黑墨，不規則地化成一絲絲雜亂的痕跡，逐漸教人無法分辨水和墨原來的狀態，形成一片混沌。窗外偶然射進車燈的殘光，室內稍稍明亮一下轉瞬又回歸黝闇。黑暗中，裕行彷彿感覺到和美就在房間裡，蜷縮在他觸摸不到的幽冥之中。

「和美，我真的沒想過要傷害妳……」裕行對著房間裡那個不存在的和美說。

「你說謊……」

「真的……我……我知道現在說什麼也沒有用，我不敢奢求妳的原諒……」

「殺人凶手！」

「和美，我對不起妳……」

「怪物！變態的怪物！嗚……嗚……」

「不！我不是怪物！都是那蟲子……是那蟲子讓我變成這樣的！」

「蟲……子？」

「是，是蟲子！記得那天早上我說過不舒服，妳還叮囑我去看醫生吧！只是我不知道那蟲子在我身體裡，讓我變成現在這樣子……」

「你說謊，哪有什麼蟲子？那只是你編造的藉口，你是隻不折不扣的怪物！為什麼你要這樣對我？嗚嗚……」

「和美……」

「我要姊姊……我不要跟你這隻怪物待在一起……」

咻。

一隻蟲子飛過。

「看，和美！就是那隻小蟲！妳看到了嗎？」裕行興奮地說，指著房間天花板一角。

「哪裡……？」

「那邊！看，牠飛下來了……」裕行突然察覺自己下了床，站在房間中央，對著原本空無一人的角落說話——只是，這時有一個細小的身影弓著背蹲在地上，偎在書架旁。

「和美？」在微弱的燈光下，裕行看到臉色蒼白猶如死人的和美。在她身上還是那件破爛的粉綠色校服和半褪的裙子，無力地遮掩著暴露的肢體，她失神的目光直瞧著前方。

「和美！」裕行向前踏出一步，但和美的眼神令他停下來。那不是怨懟的眼神，相反，和美的眼裡充滿恐懼，就像輕輕觸碰也會粉碎掉的沙堆，充斥著被摧毀前一秒的哀號。

「你說的蟲子，是什麼蟲子？」聲音從和美嘴唇間傳出，可是裕行卻感覺不到說話的人是和美。

「就在那……」

裕行回頭一看，牆壁頂的角落只有乾燥龜裂的油漆，沒有什麼蟲子。

「你果然只是在說謊找藉口……」和美幽幽地說道，「你不要過來……我要姊姊……」

「不！那真的是……」

裕行找不到解釋的話。沉默就像瘟疫，在裕行跟和美之間蔓延，空氣變得冰冷，和美瞳孔中的顫慄就像深不見底的海溝，把裕行的思緒吸進去，沉沒在闇暗之中。

咻。

微小的聲音讓裕行把注意力移到左邊。剛才那條小蟲子正在他的眼前飛過。

「和美，看！就是……」

裕行正要向和美指示蟲子的去向，回頭卻看到和美露出痛苦的神情，眼淚撲簌簌地流個不停，張嘴似要尖叫，卻沒發出半點聲音。和美的脖子滲出血色的汗珠，慢慢把她的衣服染紅。

那是和美被殺那一刻的情景——裕行恍似看著自己再一次殘殺和美，看著和美在掙扎，在哀求，只是這次他並沒有動手，單單站在一旁觀察著。和美的軀殼慢慢解體，悔恨和欲望在裕行的內心交錯著，但他無法移動。他很想呼叫和美的名字，可是他們之間就像被無形的厚牆阻隔，只能眼巴巴看著這一切發生。

咻。

咻。

數十隻蟲子從四方八面飛來，圍繞著裕行盤旋。暗紅色的、筆直的、閃亮著金屬暗啞光澤的蟲子，以奇妙的軌跡圍著裕行身旁浮游著。

瞧著和美的嘴唇，裕行看到她在呼喊什麼。

「姊……姊……」

「和美——！」裕行不顧一切，高聲喊道。

寂靜的房間裡，只有裕行一個人，坐在床上。裕行喘著氣，發覺房間裡不見和美，也不見蟲子。時鐘的指針指著五點十一分。

是夢嗎——裕行察覺自己不知何時睡著了，在短短的數秒鐘裡，裕行更希望這一個星期以來的事情也是惡夢，可是那件染血的T恤仍擱在書桌上。裕行不知道變成了怪物的自己為何會作夢，而且夢裡的和美還那麼真實。

「姊姊……」裕行想起夢裡和美的遺言。

事發後第八天，裕行首次離開住所。

他決定要跟和美的姊姊見面。

他不知道見面後該說什麼。身為殺死對方親妹的凶手，應該要坦白？還是瞞騙？

陽光刺痛裕行的雙眼。一星期以來他都躲在放下窗簾的房間，對突如其來的強烈光線感到相當不習慣。

「我果然變成怪物了嗎？怪物都是晚間才活動……」

雖然有點不適，但裕行沒有變成電影中吸血鬼那樣子，被陽光照射化成灰燼，或是突然自燃起來。事實上，裕行覺得如果這樣了結生命，也許是個不錯的結局。

裕行來到和美居住的公寓外面。他不知道和美住在哪一戶，如果貿然闖進去，大概會被當成小偷，如果查問哪一戶是分屍案死者的家，又大抵會被當成變態。裕行無奈地靠在公寓門外不遠處的欄杆上，盯著大門。

雖然知道這樣呆站著很惹人注目，但他想不到辦法。他對和美的認識，都只限於外表的觀察和維持了兩個多星期的每天五分鐘閒聊。他連和美的姓氏也是從新聞播報員口中才得知。

呆立了一小時，裕行仍沒有目標地等著。在這一小時裡，有很多人離開公寓，裕行猜他們是去上班或上學，不過直覺上當中沒有和美的姊姊。

上午十一點四十二分，裕行看到一位長髮女生從公寓門口走出來，肩上掛著手提包。女生穿著白色的連身裙，在陽光中顯得特別耀眼。她的五官相貌跟和美相似，一樣有著如瀑布的直髮、一樣的細眉、一樣的鼻子。不過，她的雙眼無神，就像失去靈魂的軀殼，動作就像被無意識控制著。

她因為失去親人，所以變得如此——裕行心中再次感到慚愧。他奪去的，不止和美的性命，更連同和美的將來，以及她家人的生活也一併搶走。那種傷害不同於新聞中看到「犯人傷害了被害人」的旁述那般平板，在這樣簡單的一句話背後所掀動的後果、延伸的傷害無法用言語來闡明。

裕行看著女生的外表，想起和美，想起那一晚他變成野獸前、在他懷抱中的和美。

剎那間，裕行陷入恐慌。

久違的感覺忽然襲來，令他徬徨。

事發後的第八天早上，裕行再次感到飢餓。他再次有進食的欲望。

9

局外人Ⅲ・發現

接受委託後的第五天，也就是案發後第九天，大鶇來到凶案現場的社區。

由於調查的性質特殊，大鶇考慮了一整天，才擬定好調查的方式。他採用的，是類似品行調查的偵查術——只是這回他要調查的對象是一個已經死去的人而已。

進行這類型的調查，調查員可不能像電視或電影中，大搖大擺地走進目標人物的生活圈子裡，裝模作樣地表示自己是鼎鼎大名的某某偵探，要調查什麼什麼。行內慣用的是一種叫「迂迴法則」的調查軌跡：先從距離目標身邊最遠、關係最疏的人著手，再一步一步像順藤摸瓜般逐漸接近核心人物。理由很簡單，因為調查者對目標並不熟悉，如果一下子闖進中心點只會暴露身分，讓調查變得困難；相反，從外圍著手，可以逐漸了解調查對象的細節，當資料搜集足夠時，便可以假扮某些角色，去刺探真正有價值的情報。

大鶇這幾天已成功接近和美念書的高中的圈子。他先是假裝想應徵當校工，跟一位在澄明女中校門旁經營小吃店的歐巴桑混熟，打聽有沒有跟蹤者的可能性，以及死者的資料。

「你走運啦，聽說園丁楠伯打算退休，學校正要請人哩……」

「保全？你想知道校方請不請警備員啊？這個我不清楚啦，阿博那老頭雖然年過五十但還很壯耶，聽說以前當過兵打過仗啦，他手下好像還有兩個還是三個警衛……畢竟是名門女校，保全挺完善，我在這兒開店二十年也沒聽過有小偷或擅闖的混混之類……」

「對耶，之前聽過，好像就是這學校的校生哪，真可憐……聽說是二年三班的，她們的級任老師還因為這事哭得眼睛都腫了。」

「凶手是校內的人？不可能吶，你放心去應徵吧，澄明的風氣很好，我看凶手應該是那個學生住處附近的變態吧。我們這一區治安一向很好，哪像東區那邊，黑道橫行，烏煙瘴氣……」

大鶇只花了一個上午，便從這個饒舌的大嬸身上掌握了死者學校的基本資料。長期跟蹤者的存在機率幾近零，似乎是臨時起意的殺人事件。大鶇從網路上列印了一些入學簡章，再在離學校不遠的一家咖啡店裡，架起方框眼鏡，扮作女兒翌年便入讀澄明女中的憂心父親，從一些聒噪的女學生口中探聽和美在校內的情況。

「大叔，你不用擔心啦，澄明是好學校。畢業進大學的人數都比附近的學校多，我有位學姐去年還同時獲三間一流的大學招攬呢。」

「危險？案件？啊，是那一件啊……我不清楚……聽說小愛跟那個女生是同一個社團的？」

「不是啦，聽小愛說那個女生人緣很好，沒有仇人啊。我們學校沒有霸凌事件的——何況沒有霸凌事件會弄出人命吧？」

「大叔你放心好啦，澄明校風純樸，我們已經算是學校裡最不良的分子咧……嘿呵呵呵……」

隨著那些女生咯咯的笑聲，大鵪再次肯定問題不在學校。他最後花了點工夫，假裝成美術用品公司的推銷員，直接找美術社的顧問老師推銷畫具——當然，他的目的是在閒聊間提起凶案，再故作驚訝表示「原來那女生是美術社的嗎」之類。

「和美是我們美術社最優秀的孩子之一，她遇上這種……這種不幸，她的同學們都接受不了……」

「那天她和另外兩個社員課後留在學校準備校慶活動的佈置，我有叮囑她們不要留太晚，告訴她們晚上回家記得請家人到車站迎接等等，和美當時還點頭答應……

唉，我應該態度強硬一點，或者早在七點就趕她們回家就好了。」

「她是個品學兼優的優等生，記者才沒有誇張，『優等生』這三個字她受之無愧，學校裡上上下下都喜歡她。老天爺為什麼這麼狠心，讓這樣一個前途無可限量的孩子落得這種下場？我們的社會為什麼會讓奪去這些孩子的惡魔存在？身為教育者，我每天都問自己，到底我的努力有沒有白費，有沒有讓我們的下一代安心地活在這社會裡……」

「什麼？有記者這樣亂寫？是哪一份報紙？不，和美才不會是因為什麼三角關係而被殺。她才沒有戀人……應該沒有吧？我們學校沒有禁止學生談戀愛，這時代怎麼可能強迫孩子行這一套呢？我們都鼓勵她們正確面對男女關係，校內還有社工團隊專門協助遇上感情煩惱的同學，我記憶中和美從來沒有跟社工約談過。假如殺害和美的凶手是因為發現她有男朋友而下殺手的話，那不是什麼三角關係，一定是單方面的跟蹤狂。對，只有變態跟蹤狂才會幹出殺人碎屍這種邪惡的罪行……」

一如咖啡店打探到的情報，大鶇找不到絲毫值得懷疑的地方。

「果然，應該調查的是凶案現場那邊。」大鶇心道。

決定了調查的區域，大鶇便先摸清楚這個社區的環境、和美所居住的公寓、她每天上下課的步行路線，以及凶案現場。現場早已解封，地上的血跡亦已清洗乾淨，不過在這條無人的巷子裡，大鶇感到一絲無以名狀的慘慄。

大鶇的本能告訴他，這兒的空氣曾充滿著瘋狂，是那種否定人性的瘋狂。

相比起學校，這邊的調查困難得多。除了要想方法接近和美的姊姊外，還要查看附近的居民，畢竟凶手很可能混在這群人當中。和美居住的公寓暫時沒有房間出租，於是他在公寓對面的大樓租下一個小房間，以便進行調查。

本來住在同一棟公寓是最理想的，因為鄰居是一個完美的偽裝，藉此接近目標不會引起懷疑。現在，大鶇要設計另一種方式去接近和美的姊姊。

「噠噠噠……噠噠噠……」

在這個陌生的房間裡，大鶇放在桌上的手機幾近無聲地震動著。大鶇放下手上整理中的相機、隱藏式錄音筆、針孔鏡頭等儀器，拎起電話，瞄了一眼來電顯示，按下接聽按鈕。

「大鶇，你託我們查的東西查到了。」電話傳來低沉的聲線——對方是大鶇認識的一個黑道小頭目，管轄的地盤正是大鵜現正身處的東區一帶。「不是自己人幹的，也應該不是附近的幫派所為，大抵是外來的變態。」

「有勞你了。」大鵜戴上耳機，開啟免提裝置，一邊說一邊拿出地圖，仔細地觀察著凶案現場四周的街道。「確定不是外環路那群飆車族幹的嗎？」

「不會，他們沒有這個膽量。」對方乾笑了兩聲，「看過照片後，我認為如果是黑道幹的，咱們都要吃不完兜著走。」

「什麼照片？」大鵜奇道。

「我手下組織有個小弟是兼職清潔工，他當天負責清理現場，他趁沒人留意用手機拍了幾幅照片。凶手能幹到那個程度，簡直就是野獸。你要不要看？」

「可以的話，當然想看。」

「我待會傳給你。我也想早點抓住那傢伙，在我的地盤搞這爛攤子，影響生意，老大怪罪下來就有夠煩了。話說回來，你幹嘛插手這事情？」

「沒什麼，我只是想少種一盆盆栽罷。」

雖然對方有聽沒懂，但他明白保密是幹這行的老規矩，所以沒追問大鵜。

「對了，不知道有沒有關係，有兩個小弟躲起來了。」

「小弟？幹什麼的？」

「賣粗的。他們通常在凶案現場旁的廢屋落腳。」

「粗」是黑話，指的是毒品安非他命。

「人不見了？」

「對，應該是落跑了。」

「你剛剛才說不是自己人下的手，然後又告訴我有兩個小弟逃了，你不認為他們是畏罪潛逃嗎？」大鵪不解地問道。

「如果他們幹得出這種事，就不用在那鬼地方幹這些小勾當，老早踩在我頭上了。」對方又再乾笑兩聲，「我也正在挖他們，有消息再通知你吧。」

「麻煩你了。」大鵪道謝後，按下掛斷鍵。

大鵪感到疑惑。為什麼對方肯定這兩個小混混是無辜的？賣毒品的，搞不好自己嗑藥嗑嗨了，碰巧遇上路過的小妞，先姦後殺，沒有什麼可疑之處——

可是當大鵪收到對方傳來的訊息，看到附件中的照片後，便完全明白。

在手機的螢幕上，大鶇差點看不懂圖片內容，凝視了五秒，才赫然發覺那些分散的紅色團狀物是屍塊。他把圖片傳到電腦，在大螢幕上看著這慘不忍睹的情景，驚駭得寒毛直豎。

如果照片中沒有那些正在搜證的警員，大概會被認為是合成照片，可是大鶇明白這是記錄了事實的影像。在畫面下方、斷成數節的粉紅色塊狀物應該是股骨，相連著的紅色細屑似乎是臀大肌的殘渣。畫面正中的一團東西應該是軀幹，數根突出來的彎曲物像是肋骨，可是另一邊卻陷了下去，露出空心的胸腔。暗紅色的痕跡以此為中心，在地面上往四方八面展開，而畫面兩旁、混著血的肉色東西，大鶇也不知道是手臂、腹部肌肉、內臟還是另一條腿的殘骸。最令他感到駭然的，是在畫面上方遠處，有一個頭顱擱在地上，烏黑細長的頭髮纏繞著，彷彿這頭顱仍有生命，在一旁瞧著自己的身體被肢解。頭顱上的臉孔正是大鶇從委託人手上得來的照片中見過的那張——那是死者和美。

沒有人類能做到這一步——這是大鶇看過照片後的第一個想法。

不，就連野獸也做不到吧——大鶇頓了一頓，再想道。

大鶇掏出藥瓶，服過藥，點起一根香菸，再把注意力放到照片上。

「這的確不是兩個小混混能幹出來的。」大鶇心想，「問題是，這凶手真的是人嗎？」

大鶇猜想，死者也許是被丟進某種機器裡，被碾碎變成這模樣，可是，從血跡來看，這裡是第一現場，這麼狹窄的小巷如何容納這一台機器——更何況誰會移一台機器進這巷子殺人？

大鶇仔細看照片，看到一兩個形狀不完整的染血鞋印。除非獅子老虎會穿鞋，否則凶手不可能是野生動物。到底和美被什麼人——不、被什麼東西——殺死了？

大鶇抽完一支菸，又再從菸包掏出另一支。他很久沒遇上如此令人心浮氣躁的案子。

抽完第五根菸後，大鶇下了決定。

「去他的『迂迴法則』。」

從外衣袋中取出記事簿，打開其中一頁，上面有委託人提供的情報，包括和美姊姊的姓名、手機號碼和地址。大鶇本來打算暗中調查，但看過照片後，他決定採用直接的調查方式，向和美的姊姊查問。他先前有好些顧慮，一來不想讓警方知道他正在插手調查，二來萬一兇手潛伏在死者家人身邊這樣做只會打草驚蛇，可是，這一刻他連兇手是不是人類也不清楚。

「嘟嘟……」他在手機按下和美姊姊的號碼。

「只要不透露委託人的身分，就沒有問題吧。」大鶇心想。

「嘟嘟……」響了近一分鐘，還是沒有人接。

大鶇穿上外套，把錄音筆放進口袋，下樓往對面的公寓走去。大鶇所租的房間的大樓沒有管理員，可是和美的公寓大堂卻有一位老先生守著。

「有何貴幹？」老先生不客氣地問道，瞇成一線的眼睛讓他的樣子很像一條老狗。

大鶇本來想謊稱自己是和美姊姊的朋友，但心念一轉，決定對這位老人家說真話。「我是徵信社的人，有客戶委託我調查最近發生的兇案，我希望跟死者的家人談談。」大鶇掏出名片。

老先生皺起眉頭，說：「不是那些八卦的媒體吧……？這年頭連家裡死了人也不得安寧……」

「不，是死者的朋友委託的。」大鶇誠懇地說。

「朋友？警察都在調查了，為什麼還要找徵信社插手？」老先生一臉狐疑地問。

「委託人的動機我無法透露，但我只能說，我跟所有人一樣，希望早日找出凶手，要那殘忍的傢伙受法律制裁。」

老先生沉默不語，以雙眼打量大鶇，像在判斷對方所說的是否為真話。

「我也不是要您為難，」大鶇指了指管理處的電話，「或者您代我通知由美小姐，告訴她我的用意，讓她決定見不見我。」

老先生搔搔頭髮，面有難色，似是沒打算代大鶇打電話。

「管理員先生，請您考慮一下，那個凶手——」

「不是啦，我不是不願意替你打這個電話，」老先生搖搖頭，「而是你來遲了，由美小姐昨天已離開了吶。」

「離開了？」

「我昨天碰到她，她說要回老家。不知道是辦喪事還是想離開一下，總之這幾天看到她神情呆滯，花樣年華被折騰成這樣子，真是可憐咧。出事後有位年輕的探員時常找她，應該是調查和美小姐的資料吧，每天還要被追問過世親人的事，連片刻的平靜也沒有，不憔悴才怪……」

「這樣啊……」大鶇想追問老先生知不知道她們的老家在哪兒，但冷靜一想，也許面前這位老人家能提供更多的線索。

「請問您有沒有見過可疑的人物在附近出沒？」大鶇單刀直入地問道。

「沒有，除了在廢屋那邊有幾個常見的混混外，這兒也算得上太平。」老先生爽快地回答。防止陌生人擅闖公寓是他的責任，但他可不介意和新相識閒聊一下。

「死者……和美的家平時有沒有朋友進出？」

「很少，偶爾有一兩個女生會來，不過都是跟她們兩姊妹一起的。」老先生咳了一聲，「如果你想知道凶手會不會是她們認識的人，我認為不大可能，她們的生活很檢點，不像四樓那個女的……啊，我多嘴了。」

「四樓那個女的？」大鶇問道。

「唔……其實沒有關係，不過只是剛想起罷了。」老先生說，「四樓有位獨居的女住客，跟由美小姐年紀差不多，一樣留著長直髮，也是位美人，可是她的交友關係很複雜，常常有不同的男性到她家過夜。哎，我不應該說人家的閒話，但這種不會潔身自愛的女孩子，只會令這公寓的風評變差，住戶看到陌生男人不時出入，到頭來只會責怪我失職。」

陌生男人？

大鶇一邊聽著老先生發牢騷，一邊想著那些男生裡面有沒有凶手的可能。

假如那個住四樓的獨居女子從事特殊行業，搞不好那些男人也不是善類，說不定當中有人碰巧遇見和美，見獵心喜，開始進行跟蹤，最後理智壓不下心裡的慾望，殺害目標。

「這個住四樓的女生……」

當大鶇打算追問那些男生的事時，兩個穿制服的警員走進公寓大堂，打斷二人對話。

「有什麼事情？」老先生問道。

「請問四樓六號室是不是有一位姓桂的女住客獨居？」高個子的警員說。

「嗯，對啊。怎麼剛提起她便有警察來找她了？」老先生奇怪地瞥了大鶇一眼。

「我們接到她家人求助，說她好幾天沒接電話，聯絡不上，懷疑她在住所裡遇上意外。」

老先生跟大鶇面面相覷，沒想過時間來得這麼巧。

「的確，她好像兩天不見人了……」老先生再度搔搔頭髮，神色略帶不安。

在警員的指示下，老先生從保險櫃找出備份鑰匙，帶著兩位員警到四樓。大鶇跟著他們，老先生沒有說什麼，警員便以為他跟老先生是一夥。

「就是這兒了。」老先生按下門鈴，又大力地拍門，可是沒有回應。於是他拿起鑰匙，打開門鎖。

大鶇曾有一剎那以為門後是另一個血海，可是亮起電燈，卻發覺房間井井有條，十分整齊。警員查探後發覺沒有可疑之處，便跟老先生說住戶可能只是沒通知家人去了旅行。高個子警員留下字條，說明他們曾到過這房間，並要求住客回家後聯絡警方銷案。大鶇站在玄關，打量著房間的四周。

「好了，回去吧。」老先生在警員面前鎖好大門。警員離去後，二人站在六號室門前。

「奇怪了，桂小姐從沒有過一聲不吭就跑了的前例……」老先生說，「喂，怎麼了？」

大鶇盯著六號室大門下方，雙眼瞪得圓大，表情僵住。

「那是什麼？」大鶇蹲下身子，以隨身攜帶的小型手電筒照向門縫。一片長約一公分、厚半公分、小小的褐色的東西黏在門板之下，露出毫不起眼的一小角。大鶇掏出手帕，用手指輕輕把那物體挖出來。

那是一片肉塊，附著毛髮的肉塊。

10

獵人Ⅲ・捕捉

「學長，我不知道這案子跟你們正在調查的有沒有關係，以防萬一，還是把資料交給您。」

「哦……失蹤嗎？」

阿鐵剛回到刑事一課的辦公室，便遇上戶口組的一位女警，拿著淺褐色的文件夾在辦公室門口探頭探腦。早上八點多，刑事一課的成員還未上班，作為新人的阿鐵習慣比他人早回警局，希望讓前輩們留下好印象。他倒沒想過早上班有這種好處，可以遇上這位年輕貌美的女警──阿鐵經常被人喚作菜鳥，被尊稱「學長」倒是頭一遭。

「早起的鳥兒有蟲吃，早起的蟲兒被鳥吃……」阿鐵心裡冒起這調侃話，當然他沒有宣之於口。

「學長，您認為這和那起案子有沒有關係？」女警緊張地問。

「唔……」阿鐵站在走廊，翻著文件，「和死者住在同一棟公寓嗎……也許有關，也許沒有。不過怎麼說也好，謝謝妳把資料送過來，說不定這正是破案的關鍵。」

女警得到阿鐵的稱讚，露出高興的神色。

「對了，妳在戶口組上班嗎？工作辛不辛苦？要處理繁雜的人口資料，應該很不容易吧？我以前……」

「咳！」

阿鐵背後冷不防傳來咳聲，他回頭只見泰士板著臉站在身後。女警瞧見長官的表情，連忙鞠躬敬禮，往走廊另一方逃去。

「組、組長，早安！」阿鐵尷尬地打招呼，「戶口組那邊交來文件。」

「阿鐵，兔子不吃窩邊草，別給我在局裡搞些五四三。」泰士接過文件，沒打開卻往阿鐵頭上拍了一記。

「知道，組長。」看到泰士並沒有真的生氣，阿鐵放鬆下來。

「之前交給你處理的工作，順利嗎？」泰士改變話題。

「沒問題。」阿鐵回答，「不過B04案件的處理程序真是複雜，既要調查又要控制情報，還要聯絡這又要欺瞞那……」

「不知道你是走運還是不幸，剛加入便遇上這案子。不過這樣也好，早一點遇上，掙多一點經驗，將來你……」

「嘟——嘟——」辦公室的電話忽然響起，打斷泰士說話，同時間他的手機也響起來。阿鐵連忙走進辦公室提起話筒，泰士也按下手機按鈕。兩通電話所傳來的訊息是一樣的。

「目標人物於半小時前在鄰鎮被捕，正押回刑事一課。」

泰士露出振奮的神色。

阿鐵調整著攝影機，插上電源，按下錄影按鈕，從顯示螢幕確認過沒問題後，向泰士打了個ＯＫ的手勢。

泰士和一個神情畏縮、頭髮凌亂的男人面對面坐著。男人沒扣上手銬，但雙手放在大腿之間，彎著腰垂著頭，吊著眼以疑懼的目光掃視著泰士和阿鐵二人。他的身型略胖，個子不高，身上穿著一件髒兮兮的灰色短袖上衣。

「阿白，你知道我們找你找了一個多星期嘛？」泰士翻著面前的文件，沒瞧對方半眼，低著頭說道。那個叫阿白的男人沒回答，只是以不友善的眼光斜視著泰士。

「你明明在東區發財的，幹啥跑到老遠的海邊？那邊有什麼好混的嗎？不會是為了泡馬子泡到那兒吧？」泰士繼續翻頁，阿白也沒回答。

「還是說，因為殺了人，風聲太緊不得不逃一下呢？」泰士停下手上的動作，瞪著阿白說。當阿白接觸到泰士的目光，不由得微微一顫。

「不、不，我……我沒有殺人。」阿白小聲地說。

泰士沒有緊咬對方不放，繼續翻弄文件，緩緩地說：「這個月八號星期二晚上到九號星期三凌晨，你在哪裡？」

「我……我在家。」

「在家嗎？我以為你在東區的廢屋附近咧。」泰士瞪了他一眼。

「我……我……我那天沒去過那兒。」阿白呑呑吐吐地說。

「啪！」

泰士忽然一掌打在桌上，阿白差點沒嚇得跳起來。「你要說謊嗎？很好，這樣我們更省事，乾脆讓你上法院被檢察官對付就好了。」泰士從文件夾中抽出一幅差不多有Ａ４大小的照片，照片裡有一柄銀色的刀子。泰士說：「你可以說你不知道這刀子是誰的，反正上面沾滿你的指紋，而它是在一個命案現場找到的。」

阿白嘴角微微一動，想說話卻又把話吞回去。

「你想說，這是你之前丟失吧？不要緊，事實上我們找到比這個更有趣的證物。」泰士取出另一幅照片，照片中有兩顆白白黃黃的東西。阿白看到後臉色大變，變得跟他的名字一樣。

「這……這……」

「這是你的臼齒吧？」泰士冷冷地說，「在一個碎屍案的現場找到牙齒碎片不稀奇，奇怪的是死者一顆牙齒也沒少，地上卻多了兩顆。你不會以為逮捕你的警員要你張開口檢查是常規做法吧？」

阿白開始慌張起來。

「不是我幹的！我沒有殺人！我……我只是看到那女的長得正，想跟她來一發，怎料突然殺出個路人……」

「阿白，」泰士把照片收回，雙手十指互扣擱在桌上，身體傾向前方，「我現在給你一個機會，你老老實實把當天遇到的看到的事情一五一十說出來，我便不會為難你，反正緝毒課那邊對你這種小角色沒多大的興趣。」

阿白皺著眉，一咬牙，說：「好吧，我招了。那天晚上我和老吉兩個人在廢屋那邊閒著沒事……」

「不是釣買貨的客人嗎？」泰士打斷對方的話。

「呃……是，是，我們在等生意，可是整晚也沒半個人。差不多十二點時，我們看到有個穿校服的正妹經過，老吉便說找她玩玩，她便跟我們走進巷子……」

「我靠，正經人家的女學生會願意跟著你們兩個臭男人？」阿鐵忍不住插嘴，罵道。

阿白看到二人的臉色，慌忙改口：「不，我說錯了，是老吉他色心起，把那女的抓住，拉進巷子裡。橫豎他也要上了，不吃白不吃，我便幫幫他嘍。」

「接下來呢？」泰士面不改色，問道。

「我們正在拉扯之際，有個男的走進巷子裡。我見他單人匹馬，便拿刀子衝過去，誰知道那傢伙力氣大，一手擋過我的刀子，把我一拳打飛。我當時被他打得頭昏眼花，接著只知道老吉揪著我逃走，發生什麼事也不清楚。真倒楣……」

「那你第二天幹嘛躲起來了？」阿鐵問，「我們早早查到你們的身分，可是你們更早一步逃了。剛才說的都是胡扯的吧？」

「沒有啦！」阿白抓抓額角，緊張地說，「剛才說的都是真的。我跟老吉接著回家治傷，過了兩三個鐘頭我才想起我丟了刀子。我們在五點多天快亮時回去找，怎料……看到那個恐怖的場面……」

阿白一提起凶案現場便露出厭惡的表情。

「天啊，那樣子真是變態，一片血紅色的，連空氣也是一陣腥臭。我們當然不敢留下來，刀子什麼的也由它了。後來看新聞，知道是那女的死了，我跟老吉便第一時間逃走，因為早知道你們會懷疑是我們幹的，搞不好要我們揹這黑鍋……」阿白說到「揹黑鍋」時聲音愈來愈小，他有自知之明，不會笨到當著條子面前說他們屈打成招。

雖然泰士沒有表現在臉上，但他知道，他要找的人就是那個半路殺出，打了阿白一拳的程咬金，對於事發不到兩星期便能找到如此有力的線索，在B04案件中可說是突破。

「那個打了你一拳的人長什麼樣子？」泰士問。

「短頭髮，高一米七左右，外表好像很瘦弱卻能把我一拳打飛，應該學過功夫吧。」阿白頓了一下，說，「樣子看得不清楚，巷子很黑，就算我想給你們拚個肖像圖也辦不到。」

「年紀如何？」

「看樣子是個高中生或大學生，十七至二十歲上下。」

「衣服呢？」

「好像是普通的T恤，褲子和鞋子好像也是很簡便的。」

「有沒有拿著什麼？像背包或手提包之類。」

「沒有，肯定沒有。」

泰士在腦海裡開始描繪目標的外貌。男性、大約二十歲、瘦削，這些都是預想之中。如果阿白說的都是實話，那麼，這個男生便幾乎可以肯定是殺害和美的凶手——泰士做出的推理很簡單，阿白和老吉襲擊和美，那神祕人救了她，可是和美沒有回家，死在當場。現場只有和美的屍體，要造成這樣碎屍的場面，凶手必須花上一段時間。假設凶手是第三者不是神祕人的話，那麼神祕人去了哪裡？他為什麼丟下和美在這樣的環境自己走了？和美為什麼不逃走？剔除麻煩的假設，最簡潔的便是真相——那個拯救者在擊退敵人後，沒有保護受害者，反而進一步侵犯對方。

餘下的問題是那個神祕人的身分，以及如何在茫茫人海中找到他。泰士從阿白的供詞中掌握到更多細節。凶手沒有背包或手提包，穿簡便的衣服，在晚上十一點十二點途經很少人路過的小巷，這說明了一點：他是附近的居民。泰士本來猜凶手穿梭城市各區「覓食」，可是依阿白所說，對方的目的本來是阻止阿白和老吉強暴和美而出手的。那麼，他經過現場的動機便大大不同，他很可能是附近的居民，碰巧經過，救了一個女孩，再突然獸性大發，殺害對方。

搜尋範圍一下子縮小了百分之九十九。泰士心底浮現勝利的笑容。

盤問過後，泰士沒有把阿白丟給檢察官，不過把他扣押在警局，以防他又一次落跑。他帶著阿白的供詞去盤問跟阿白一同被捕的老吉，對方不一會也招供，只是老吉說起色心提議抓住和美的是阿白，不是自己。

「真是人渣，平時稱兄道弟，有難時互相推諉。」阿鐵心道。

老吉不像阿白那麼膽怯，答話時態度粗鄙，不過也算得上合作，泰士的提問他都一一作答。他說的和阿白說的差不多，只是提到阿白被打時說得更誇張。

「那傢伙出拳快得看不到，我還沒反應過來，便看到阿白砰一聲地飛到一旁了！媽的，那傢伙是怪物吧！」

這種微小的差異正好說明了二人不是事前串通，泰士沒說明的部分環境證據——例如阿白掉臼齒的位置、旁邊被壓爛了的竹簍之類——亦跟二人所說的吻合。

「那個男的外表如何？」

「現場那麼暗，我說我看到你們也不相信啦。不過，我記得那小白臉的鼻子挺高的，我逃跑時瞟了一眼，從側面看他的輪廓看得較清楚。媽的，沒想到他是個變態，那女的都主動抱他了，他還把對方分屍……真浪費……」

「等等，你說什麼？」泰士愕然地問。

「鼻子啊，他的鼻子很高……」

「不，我是說之後的。死者主動抱他？」

「就是啦，我一放手，那女的便衝過去抱他，發浪似的，靠。我本來以為是她的男朋友，沒想過第二天便看到她被肢解的情境，真邪門……」

泰士幾乎掩飾不住興奮的心情。

和美認識犯人。

一個差點被強暴、驚魂未定的女生，是不可能突然抱住來拯救的陌生男子的。她的舉動說明了她信任這個男性或對這個男性有好感，重點是他們是相識的。

泰士想起十五年前的案子。

那個事件中，凶手和死者也是相識的。

凶手是死者的男朋友。

11

蟲V · 忿怒

面對鏡子裡容顏憔悴、一臉鬍碴的倒影，裕行感到非常陌生，就像完全不認識鏡中人。他產生這種錯覺並不是因為外表的變化，而是他愈來愈無法確定自己就是自己。

裕行感覺自己被蟲子支配了。

數天前，他到和美的公寓前等候，期望找到和美的姊姊，可是突然間他失去意識。他不是昏倒或暈眩，而是感覺像被奪去自我，當回復清醒時，才發覺自己已回到房間。

最教他不安的是他發現自己失去了數小時。他無法記起那段空白期他幹了什麼、到過哪裡、見過誰。他只隱約記得在一片白茫茫的空間，有一個女孩在哭泣。

他想伸手觸摸那個女孩，可是碰不到。接下來又是那血腥的一幕，女孩的身體撕裂，紅色的、白色的、黑色的，從那軀體流出。

那女孩是和美。

他感到在失去意識的期間，他又一次殺死、吞吃掉這個女孩——醒過來時，本來的飢餓感消失了。

那些夢境一再出現，從裕行嘗試找和美的姊姊當天開始，幾乎沒有間斷過。

他已經連續五天，在夢境中看著和美被殺害五次。

事實上，如果加上日間零碎的、失落的時間片段，他可能已目睹和美十幾次甚至數十次被殺的情景，只是他無法判斷哪些是夢境，哪些是回憶，哪些是想像。

他甚至無法判斷哪些是現實。

裕行被愧疚蠶食著，不過，他反而因此漸漸找回生氣。

因為他感到憤怒。

「為何是我？為什麼偏偏是我？」

「這不是我的錯，錯的是那該死的蟲子！」

「我要替和美報仇！」

裕行心裡燃起怒火——雖然他不知道復仇的方法。

「你別說大話了，假仁假義。殺死我的是你，你是兇手。」在無人的角落裡，和美說道。

「不，請相信我！我會替妳報仇！消滅那些可惡的蟲子後，我就去死，親自跟妳賠罪！」裕行認真地說。

「蟲子？什麼蟲子？我沒看到什麼蟲子……你只是在找藉口，逃避責任……」

「有的，我去抓幾隻給妳看！」

和美搖搖頭，以悲痛的目光凝視著裕行。她似乎已經哭光了淚水，也沒有再呼喊姊姊，只是蜷縮在角落，等待再一次被無形的力量撕開、摧殘。

「和美……」裕行鼓起勇氣，走近她，可是他無法再往前行——蟲子忽然從四方八面湧出，就像成群的蝗蟲，瘋狂地亂舞著。和美像是沒看到蟲子，依舊木然地瞪著前方。

裕行回頭一看，發覺床和桌子都化成碎片，變成數百隻數千隻暗紅色的小蟲。牆壁開始剝落，天花板和地板粉碎，就連黑暗也幻化成棒狀的蟲子。裕行覺得自己正在呼吸的空氣也是蟲子，甚至自己的身體也是由蟲子組成。

「嗚……」蟲子往和美飛過去，碰撞上她的身體，她雖然看不到但發出微弱的悲鳴。

「是蟲子！」裕行突然明白，和美的身體不是自行撕裂解體，而是被這些看不見的蟲子撞擊、噬咬，一點一點地被撕碎。

「我……我不准你們傷害和美！」

裕行大喝一聲，衝破蟲子組成的障壁，跑到和美跟前。蟲子已讓和美滿身是傷，皮膚上滲出鮮血，而她只是無助地抱著雙腿，任由這些蟲子侵犯。

「和美。」裕行蹲下，以雙手環抱著和美。蟲子打在裕行身上，他沒感到半點痛。他只在乎臂彎中的女孩的安危。

自從事件發生以來，裕行首次感到安心。

懷抱中的女孩抬起頭，神色哀傷地說了一句話。

「　　」

裕行醒過來，眼前只有昏暗的天花板。他瞟了時鐘一眼，果然又是五點十一分。他的房間還是老樣子，床和桌子沒有變成蟲子，也沒有人蹲在那個灰暗的角落。

他聽不到和美在夢中說的最後一句話。不過，這是第一次和美沒有在他的夢中死去。

即使再微不足道，裕行也感到欣慰，感到丁點兒被救贖。

他知道他有能力做出反抗。

裕行脫光衣服，到浴室沖個淋浴，再從架子取下刮鬍刀，把下巴和唇上的鬍碴刮掉。

「我要反擊。」

離開浴室，他開始思考如何對抗身體裡的蟲子。然而，首要問題是——到底那些蟲子是什麼？

他打開兩星期沒打開的電腦，在搜尋網頁鍵入關鍵字「蟲」。

螢幕上彈出九百四十萬筆結果，最上方是滅蟲公司的廣告，下面則是防治害蟲資訊、百科全書網頁，和一個叫「阿蟲世界」的個人部落格。雖然也有像「非洲錐蟲病」等寄生蟲疾病資訊，但都跟裕行的狀況完全相異，他不認為這些網頁有用。

要縮小搜尋的範圍——裕行心想。他鍵入「蟲　棒狀　寄生」，可是出來的是一堆昆蟲資料和外貌噁心的自然界寄生生物。他瀏覽了二十多頁的搜查結果，都沒有收穫。

裕行瞪著螢幕，沒有理會從窗外漸漸滲入室內的陽光。他試了幾組不同的詞語組合，像「蟲」、「寄生」、「入侵人體」、「飛行」、「棒子」甚至「暴力傾向」，也得不到相關的資訊。沒有找到類似的事例，更沒有找到關於那些蟲子的資料，連圖片也沒有一幅。

「網路上連尼斯湖水怪的照片也能找到，這種小蟲子的居然沒有……」

這一句抱怨卻突然讓裕行有了新想法。他在搜索欄裡鍵入三個英文字母：「UMA」。

UMA——Unidentified Mysterious Animal，未確認神祕生物——是坊間對不知名生物的俗稱，在網路上有大量稀奇古怪的報告，裕行一向也認為只是以訛傳訛的無聊玩意。可是，他遇上的奇異蟲子，不正是UMA嗎？

在混雜某些縮寫為UMA的機構和某位好萊塢女明星的結果中，裕行找到以神祕生物為主題的網頁，更找到網上百科全書關於Cryptid——「未確認生物」的正式用語——的條目，附有詳細的列表。列表裡從A至Z有上百種不同名字的生物以及分類，裕行按下Ctrl+F，尋找頁面上的關鍵字。

「bug」——蟲子——零個結果。

「parasite」——寄生——零個結果。

「cannibal」——同類相食——零個結果。

裕行頓了頓，輸入了一個簡單的詞語。

「flying」——飛行——四個結果。

有四個結果並不出奇，因為會飛而被命名的未知生物應該會更多。可是第二個結果的名字令裕行屏住呼吸。

「Flying Rods」——「飛行的棒子」。

裕行按下連結打開相關的頁面，首先映入眼簾的，便是熟悉的圖片。

那隻該死的、猶如海洋生物的、筆直的飛行蟲子。

我不是孤單的——這個念頭令裕行雙目含淚。自從被蟲子侵入、動手殺害了和美後，他便感到自己被世界遺棄，被排除在人類之外。現在，他看到世界上有其他人知悉這些蟲子的存在，也許別人能夠分擔他的痛苦，即便那個人在地球的另一端也好。

網頁上記錄著詳細的資料，說明這些蟲子在何時開始被人發現，在哪些地方有過目擊報告。出乎裕行所料，這種簡稱為Rods的生物在世界各地都有匯報，在日本被叫作「天魚」、在歐洲某地區被稱作「太陽能實體」，奇怪的是牠們都無法被肉眼目擊，只能被攝影機鏡頭拍攝。

裕行想起當天他親手抓住一隻，或許是首次的例子。

然而，裕行愈往網頁下方閱讀，愈感到失望。

資料上指明Rods並不是真實的生物，而是攝影機和光線組成的錯覺。資料說，曾有電視台為了解開這種生物的神祕面紗，特意做了實驗，以攝影機長時間拍攝特定的位置，在鏡頭前放置捕網，要抓住牠們。結果，節目成功拍到Rods飛過的情景，不過之後檢查捕網，只找到一隻飛蛾。科學家得出結論，指由於攝影機曝光的速度不及昆蟲飛行速度，當昆蟲以特定速度飛過鏡頭前便能夠留下殘影，令飛行軌道形成棒子的形狀。

「不對，那不是事實！」裕行仍記得當天在他手上往脖子逃去的蟲子。

裕行翻過數個相關的網頁，找到更多相關實驗的資料，說的都大同小異。有網頁更使用多重曝光的方法，拍攝了十幾二十隻「飛棒」飛行的圖像，再指出那只是普通的昆蟲。

轉瞬間，裕行被蟲子侵入的事實被徹底地否定了，他不甘的心情無處宣洩。他一再重複在搜索網頁上鍵入Flying Rods，只是結果都違背他的期望。

那是假的。

那是不存在的。

那只是光線造成的錯覺。

裕行最後點進一個專題網頁，介紹Flying Rods最初被發現的經過。一九九四年有個美國人為了拍攝飛碟，在郊區架起了攝影機，卻無意間拍到這些奇怪的棒子，於是他製作更多的錄影片段，以及開辦觀光團，向遊客介紹這些「生物」。最初發現的地點是美國新墨西哥州羅斯威爾市，也就是那個著名的、傳說曾發生飛碟墜毀、外星人被美國軍方擄獲的荒涼小鎮。

「和外星人有關嗎？」裕行曾懷疑過那些蟲子是外星生物，但他可沒想過會跟著名的羅斯威爾事件扯上關係。

無論如何，這線索就像遇溺時唯一能抓住的救命索，儘管希望如此渺茫，他仍會死命抓住不放。

裕行打開抽屜，取出銀行存摺，再從另一個隔間拿出護照。他不知道往美國要不要先到領事館申請簽證，於是把兩者塞進背包，穿上外套，往門口走去。

「到旅行社詢問一下有沒有往羅斯威爾觀光的旅行團，然後在網上嘗試找找那個發現蟲子的美國人，看看能否聯絡上……」裕行的英語能力只是一般，但生死攸關，只要能溝通的話就算用身體語言也得放手去幹。

裕行心不在焉地走下樓梯，不小心在走廊跟梯間的轉角處跟一個男人撞個滿懷，一個小瓶子掉到地上。男人的肩頭很寬，穿著整齊西裝，叼著香菸，一臉不是善類的樣子，正要從走廊往樓梯走去。裕行沒見過這個男人，猜想是新住客。

男人一言不發，撿起地上的藥瓶，放回口袋。

「對、對不起。」裕行朝他點點頭，道歉後繼續向下走。男人跟在身後，裕行感到冷酷的目光射到背上，於是三步併成兩步，急忙逃離男人的視野。

12

局外人Ⅳ・逼近

大鶫坐在沙發，以左手食指和拇指拈著一個透明膠袋，對著裡面的東西怔怔地看得出神。袋子裡不是別的，正是數天前他在對面公寓四樓六號室大門找到的一小片殘餘物。他的直覺告訴他這跟和美的凶案有關，住在六號室的桂小姐很可能已遭毒手，可是他提不出證據。

那時他提出的想法輕易地被當管理員的老先生否定。

「人肉的殘骸？不會吧，」老先生一臉狐疑，「我看，應該是老鼠留下來的？可能戶主看到老鼠，慌張之下用門夾死了牠……我們這兒一向也有鼠患，雖然並不嚴重……」

「如果是死老鼠的，又怎會黏在門下的縫隙中？而且毛髮並不濃密，應該不是老鼠的皮膚……」

「或者是老鼠叼來的吧？說不定是某家人買的牛肉或豬肉呢？」

「老鼠會丟下肉塊在門邊嗎？說不通吧？」

「如果說是人肉，不是更離譜嗎？周圍也沒有血跡，甚至連丁點痕跡也沒有！小題大作的話，人家會以為我頭腦有問題咧。先生，我還不想退休啊。」

的確，這樣子向警察報告，被忽視的機會很大——大鶇心想老先生的話也很有道理，尤其自己得說明身分，警方聽到「徵信社」或「偵探」八成會漠視他的意見。可是，「偵探的直覺」就是跟這個結論相反。這幾天，大鶇對這想法一直揮之不去。

在沙發上，大鶇掏出記事本，翻開一頁，上面逐點列明了目前所知道的事實。

——委託人是死者男朋友。

——死者生活圈子單純，沒有與人結怨。

——死者在學校和同學的關係不錯。

——死者在回家途中遇害。

——死者被殘酷地碎屍。

——凶案現場是兩個小混混的地盤，他們在案發後失蹤。

——死者的姊姊回了老家。

——死者居住的公寓有一名女性失蹤。

——失蹤女性的家門有像肉塊的殘渣。

一般而言，那兩個失蹤的小混混最可疑，可是從現場的照片來看，凶手應該是更厲害更可怕的「東西」才是。另外，失蹤的鄰居也很可疑，無論她是凶手還是被害者，在這個時點下突然消失，總令人相當在意。

昨天，大鶇因為這一點，特意跑了一趟圖書館，翻查過去的犯罪事件紀錄，看看有沒有相似的案例。查找了好些政府和警方公開的資料，翻過好些陳舊的報紙，大鶇偶然間看到一起相似的凶殺案。十五年前在城南有一位二十一歲的女大學生被凶徒碎屍，警方搜查一個月後，拘捕一名獨居的無業中年男子，更在他的藏匿地點發現同區三名失蹤少女的遺體殘骸。被捕男子沒有抵抗或辯駁，很乾脆地承認殺人分屍，可是在法院宣判前於拘留所自殺。精神科醫生沒來得及診斷，所以犯人到底是精神病發作殺人，抑或是單純地有戀屍癖，沒有人知道事實。

「那個桂小姐搞不好已經被殺了。」大鶇暗暗想道。

大鶇再次想起那個假設——管理員提過，失蹤的桂小姐與不少男性交往，說不定犯人就是那些男人之一，因為前往桂小姐的家，所以在公寓遇見和美，埋下往後殺人分屍事件的種子。大鶇無法排除這個假設的可能性，他心想若然接下來無法找到有用的線索，就只能從這個方向去調查。

縱使他直覺上認為這不像是真相。

大鶇放下手上的塑膠袋，望望時鐘，已是晚上七點多。他有點餓，可是沒有胃口，於是決定到附近的便利商店買個便當，帶回這個暫住處邊吃邊思索案情。

距離大鶇所在的大樓，最近的便利商店在兩條街之外，大約需要步行五分鐘，穿過幾條陳舊無人的窄巷，途中還會經過事發現場。大鶇經過那條小巷時，不禁駐足多看兩眼，把自己代入當時的情景。

——為什麼女生會走進那個死胡同？

——她一定是被人粗暴地拉進去的。

公車站就在便利商店旁，大鶇認為這個想法沒有什麼疑點。也許兇手在公車站附近看上死者，於是尾隨她，待她走到這個特別偏僻的地點時施襲，拖進小巷。另一個可能是兇手一直在這裡埋伏，等候獵物經過。

不過無論是前者還是後者，對找尋凶手沒有大幫助。

當他走到便利商店前，手機響起，是他拜託幫忙調查的黑道小頭目。

「喂，大鶇，是我。找到那兩個小弟了。」

「可以安排我跟他們見面嗎？」大鶇對進展感到振奮。

「如果他們被放了就可以——他們被條子抓了。」對方的聲音有點不屑。

「被拘捕了？是他們幹的？」大鶇訝異地問。

「不，聽說他們聲稱當天只打算抓那個女的，卻被人打跑了。」

「被打跑了？」

「我也不太清楚，消息很混亂，但總之是有人殺出來救了那女生。之後為什麼變成這樣子便無人知曉。」

「唔……先謝謝你。」大鶇若有所思地說。

「有消息我會再聯絡你。」

大鶇沒想過，剛才猜測的兩個可能也不是事實。從混混手中拯救了死者的人是誰？是男的還是女的？他有沒有遭到殺害？還是……他便是凶手？

雖然站在放便當的架子前，大鶇的心思卻停留在案情之中。對於這個神祕的第三者，他覺得比之前任何一個人還要接近事件的核心——就算這個人不是凶手，他也是死者遇害前最後遇見的人。

一想起那幅血淋淋的照片，大鶇忽然失去了食欲。他拿了一罐冰咖啡，一個飯糰，走到櫃檯結帳。店員似乎剛換班，一個大嬸跟本來站在收銀機後的年輕女孩說了兩句，便取代了對方的位置，女孩解下圍裙，往員工休息室走去。

大鶇看著店員大嬸熟練地把貨品掃過掃描器，漫不經心地說了句：「換班了啊？」

「對啊。」大嬸微微一笑，「先生您剛搬到附近嗎？我好像沒看過您。」

「是、是喔。」大鶇沒想過對方一眼便看穿自己是外來者，不過回心一想，這附近的便利商店只有這一家，店員認得顧客也沒有好奇怪的。

然而，大鶇受到這句話的刺激，突然想起委託人的話——和美每天也會在便利商店買早餐。

「妳現在上班，下班時間不就是早上嘍？」大鶇試探性地問道。

「就是呀，早上八點才下班。不過夜班的薪水比較高，顧客也不多，算是不錯的工作。」大嬸愉快地說。

「我剛搬來不久，」大鵜見機不可失，便說，「本來以為這一區治安不錯的，但聽說前陣子發生了可怕的分屍事件。妳值夜班不害怕嗎？」

大嬸愣了一愣，但立即回復本來的表情。「當然怕啦！不過這邊是大街，總算安全一點。提起那案子，那女孩真可憐，哪個變態這麼殘忍，把好好的一個女孩子殺死……」

「妳認識那個女生嗎？」大鵜問到這關鍵問題時，心跳的節奏也變快了。

「不認識，但每天早上上學前她都會來光顧。」大嬸指了指店裡左方的架子，「她很斯文有禮，總是買一個麵包、一瓶柳橙汁當早餐。事發當天我沒看到她，還以為她生病了，沒想到……唉……」

大鵜遏抑著興奮的心情，保持閒聊的語氣說：「是這樣啊……真可憐呢……那妳有沒有看到可疑的傢伙經過？」

大嬸搖搖頭，回答：「沒有，如果有任何生面孔我也會留意到，像先生您我也看出不是本區人吧。」

「對喔。那事發當天晚上有沒有特別的事情發生？或者聽到特別的聲音？」

「沒有啦，這兒跟那個地點相隔了五、六棟樓房，晚上再靜也聽不到啦。」大嬸把飯糰和咖啡放進塑膠袋，再抬頭問道，「先生您是警察嗎？怎麼問的跟警察問過的那麼相似啊？」

「不，只是有點好奇罷了。」

大鵪有點失望，對方沒有提供有用的情報。接過找零，正打算離開便利商店時，大嬸突然說了句：「話說回來，事發後連那個男生也沒再來了。」

「哪個男生？」大鵪回頭問道。

「有個大學生每天早上也來買早餐，他跟那女生有閒聊幾句，看樣子那男生對她有點好感，我猜他是特意等她而每天來買早餐啦。」

「那個男生是什麼樣子的？」

「沒什麼特別，有點瘦削，普通大學生的樣子嘍。」

「他在出事後就沒來了？」

「對啊，可能是太傷心，怕睹物思人吧。」

「事發當天早上他等不到女孩，應該很焦急吧？」

「沒有啊，」大嬸望向上方，似乎在回憶當天的情景，「他那天開始就沒來過了。」

大嬸的回答猶如電流通過大鶇的全身。大鶇知道，和美要準時回校的話就要搭七點之前的公車班次，換言之那男生要等和美，便得在六點半前來到便利商店。和美是半夜遇害的，早上的電視新聞未到九點也沒有正式的報導，凶案現場是在轉角的巷子裡，他也不可能因為經過而得悉和美被殺的事實，男生在早上六點應該不知道和美遇害，照道理仍會到這等和美。

他沒有出現，代表了一個可能性——他比警方更早知道和美已死。

「請問，」大鶇以顫抖的聲音問道，「妳說那個男生是『大學生』，妳怎麼會這麼清楚的？」

「他穿著國大新聞系的T恤嘛。如果不是學生，就是畢業生嘍。」

踏破鐵鞋無覓處，得來全不費工夫。大鶇沒想過，最寶貴的線索，竟然在路邊一家不起眼的便利商店中得到。雖然當中還有不少變數，例如那男生只是碰巧在和美被殺當天因為其他事情沒到便利商店，又或者那件國大的T恤並不屬於他，但「國大新聞系男學生」這條線索比之前任何的推測來得實在。

翌日，大鵜換上整齊的西裝，準備到大學查探。相比起漫無目的的調查，在有限的人群裡找尋特定的某一人，後者簡直像抽支菸那麼輕鬆。

大鵜叼著菸，走到樓梯口，突然有一個揹著背包的男生走出來，跟他撞個正著。他口袋中的藥瓶掉到地上，不想別人看到那是精神科藥物，他連忙撿起收回口袋。

「對、對不起。」男生怯生生地道歉，急步沿著樓梯走下去。大鵜盯著這個男生的背影，心想住進這公寓裡一個多星期，也沒見過這男生，猜想對方不是老窩在家打電動的宅男，便是像便利商店大嬸那樣子，在通宵營業的店鋪打工值夜班。

大鵜步行到國大校園，因為穿著西服、結了領帶，沒有人懷疑他是來調查，只是以為他是職員或客席教授之類。他利用網路上的資料，找到新聞系的學生系會室，敲了敲門，可是沒有人回應，連大門都沒有鎖上。

這是最好的情況，省下欺騙他人的工夫，也不用擔心露出馬腳。大鶇知道，大學的系會室往往是人們防盜意識最低的地方，因為大學的自由風氣，加上系會室容許該系的學生使用，所以大門通常不會上鎖。當然，房間裡重要的器材、電腦等等也會鎖上，但大鶇的目標不是這些。

他找的是「通訊錄」。

在一個開放式的架子上，大鶇找到他要找的小冊，十數本相同的堆成一疊。這本小冊子有綠色的外皮，大小和一部手機差不多，裡面記錄了新聞系四個年級每一位學生的姓名、電話、學號和通訊地址。通訊錄的用途是方便學生們互相聯絡，雖然不少學系已把資料電子化，上傳至網路，但部分學系仍保留了傳統的印刷本，大鶇昨晚已調查過，知道新聞系仍保留著傳統，就像今天的記者即使在訪問中用上錄音儀器，也不忘用紙筆做筆記。在學生眼中，這些通訊錄只是每年派發、用途不大的小冊子，但在徵信業者眼中，這些資料都是寶物。

大鶇拿到小冊後，連忙離開，走到大學餐廳的洗手間，把自己反鎖在其中一格裡，細心檢查每一個學生的資料。四個年級總共二百二十人，當中一百零三人是女生，他要找的是餘下一百一十七人中的其中一人。這項工作一點也不複雜，只要留心通訊地址跟凶案現場有多近，便能判定那個人有多可疑。一百多人之中，只有十二人住在東區，而只有四人的住所跟凶案現場接近。大鶇圈出可疑的名字，抄寫至記事本中，核對一次沒有錯誤後，再翻到四年級生的部分，隨意抄下幾個名字和個人資料。

離開洗手間後，大鶇在校園等候著，直到午飯時間。他掏出手機，鍵入之前查到的新聞系事務處的電話號碼，但沒按下撥號鍵，而是把手機放回口袋中。

「您好，我是D・格雷曼職業仲介公司的人員，這是我的名片。」大鶇來到學系的學生事務處，放下一張偽造的名片，「貴校有幾位學生提供了個人資料給我們公司，我想核對一下他們的成績和資料。」

因為是午膳時間，事務處只有一名職員。收下名片後，沒有任何懷疑，從架上拿出一本厚厚的學生名冊。

「要調查哪幾位？」

大鶇打開記事本，讀出某幾位四年級生的名字和學號，再特意加上兩個二年級和三年級的。

職員翻了翻，說：「有兩位似乎不是我們系上的……」

「啊，他們是二年級和三年級的。」

「二年級就把資料提交到仲介公司？」職員有點訝異。

大鵪聳聳肩，笑著說：「經濟不景氣，也許他們未雨綢繆吧。」

「是這樣子嗎……」職員抓抓頭髮，臉上掛著一副「想不到現在還有這麼認真的小鬼」的表情。

大鵪趁對方沒留意，伸手進口袋，按了撥號鍵。事務處的電話隨即響起。

職員想去接電話，但同時又捧著兩大本名冊，大鵪便說：「不如讓我核對好了，您處理您的工作吧？」

職員點點頭，大鵪便抱著四本名冊，走到他身後的桌子。雖然職員接到無聲電話感到有點奇怪，但他沒有多想，任由大鵪「核對」學生資料，自己繼續處理本來的工作。

大鵪翻開名冊，目的只有一個——學生的照片。

他翻開目標的十二人的頁面，以胸前的隱蔽式針孔鏡頭，拍下他們的樣子。他沒有細看，只想抓緊一分一秒，把可疑人物的樣子照下來。

「謝謝，核對好了，沒有問題。再見。」不用十分鐘，大鶇已完成任務，離開大學校園。

他回到住所，把記憶卡接到電腦，將偷拍影片上傳，謹慎地截取那十二個學生的畫面，再調整一下顏色，把那十二人的樣子列印出來。硬照比較難看出是翻拍，不會引起懷疑。

晚上八點，他換上便服，拿著印出來的照片，到便利商店找店員大嬏。

「歡迎光臨——喔，您又來啦。」大嬏看到大鶇，微笑著說。

「不好意思，有點事情想拜託妳，」大鶇把照片放在大嬏面前，「請問妳說的那位大學生，在這些人裡面嗎？」

大嬏翻閱照片，一邊看一邊說：「咦，先生您果然是警察嘛……啊，就是這個，對。」

大鶇接過照片，翻到背面看了看，他在照片後記下了名字。相中人是個叫「裕行」的二年級生。

「謝謝，麻煩——」大鶇向大嬸道謝時，赫然發覺這個裕行有點面熟。

他趕忙翻開記事本，找出裕行的資料，看到地址的一欄——

沒錯。

這個裕行就住在大鶇所租的房間的樓上。

大鶇今早在梯間碰上的，便是那個比警方更早知道和美被殺的男生。

13

獵人Ⅳ ・ 圍堵

依據阿白和老吉的供詞，泰士把搜索範圍縮小至死者遇害地點方圓八十至一百公尺。範圍內有十二棟公寓，約有二百戶居民，要篩選出十七至二十歲的年輕男性並不困難，問題是在這些可疑人中誰是真正的目標人物。

「阿鐵，關於那個神祕的男生，問過死者姊姊沒有？」泰士對剛回到辦公室的阿鐵問道。

「問過了，她說死者沒有男朋友，也沒有相熟的男生。」阿鐵無奈回答。

「連男性朋友也沒有？」泰士訝異地問。

「她說妹妹的交友關係很單純，又在女校念書，沒有機會認識男生。」

「確定？」泰士追問，畢竟他對自己的推理相當有自信。

「組長你也知道她現在不會說謊嘛。」阿鐵放下手提袋，笑著說，「當然，如果死者瞞著姊姊在外面交男朋友，連一起生活的親姊姊也沒有察覺則另當別論。」

泰士沒理會阿鐵的調侃，問：「你有沒有調查過死者的同學？她們也許知道得更多。」

「沒有，組長想我去嗎？」阿鐵聽到可以到女校辦案，精神為之一振。

「嗯，今天你去調查一下吧，反正手足們還在處理範圍中的戶籍資料，傍晚才有結果。」

「ＯＫ，長官，我現在便到澄明跑一趟。」阿鐵又提起手提袋，準備出發。

「阿鐵，」泰士對正要轉身離開的阿鐵說，「別對那些小女生出手。」

阿鐵沒好氣地笑了一笑。「組長，我再沒常識也不會對她們亂來啊？」

「怎麼曉得你這傢伙會不會。」泰士似笑非笑，邊說邊走回自己的房間。

阿鐵揮揮手，逕自往辦公室外走去。這些日子下來，他漸漸摸清泰士的脾性，知道這位上司雖然嚴肅，但其實很關心部下，也沒有什麼架子。只要能解決案件，泰士倒不介意一些細節。阿鐵覺得能在這樣一位組長手下辦事，也算是非常幸運。

阿鐵來到澄明女中，向校務人員表明身分，便被帶到教員室跟和美的級任導師見面。級任老師是位二十來三十歲的女性，架著無框眼鏡，一頭微鬈的短髮給人清爽的感覺。提到和美的事情時面露哀愁，眼眶紅了一圈。

阿鐵查問和美的交友狀況，一如所料，老師的回答也是「沒有男性朋友」。在老師安排下，午休時他跟和美的幾位好同學會面，女生們的答案也一樣。

「探員先生，請您找出凶手，替和美報仇啊。」離開時，老師握著阿鐵的手，誠懇地說。

「……請放心，我們會盡力解決事件，這是我們的職責。」阿鐵回答。看到面前這位年紀比自己大的漂亮女性，阿鐵的老毛病又差點發作，不過一想到組長的忠告，便放棄進一步的行動。

回到警局已接近傍晚，刑事一課的組員亦已完成戶籍的調查，得到十一個結果。這十一個結果都是獨居的男性，年齡介於十六歲至二十五歲之間。

「其他人呢？」阿鐵回到辦公室，發覺大部分手足都不在，只餘下泰士和兩名組員。

「他們早一步去進行監視。」泰士把印有嫌犯資料的文件遞給阿鐵，「我們希望今晚可以找出目標人物。」

「為什麼不乾脆直接上門找他們？」阿鐵問。

「如果打草驚蛇，目標人物慌張起來跳窗逃走，我們的調查工作便前功盡棄。你應該知道B04事件的當事人很可能做出這種行動吧？他反抗還好，落跑就麻煩了。」

「但監視能確認目標嗎？」

泰士笑了笑，說：「殺了人的傢伙，可不會這麼容易平靜下來，回復本來的生活的。」泰士指了指在辦公室的兩名同僚，「他們兩個正在用電話調查這十一個目標人物這十幾天的活動，例如有沒有缺課或請假沒上班等等。至少，我相信那傢伙在事發當天會驚恐得躲在家裡不敢外出。」

阿鐵點點頭，檢視著手上的文件。

「澄明那邊有沒有情報？」泰士問道。

「沒有，」阿鐵攤一攤手，「如果有的話我早打電話回來報告了。她們都說死者沒有男性朋友。」

「這麼說，那個人很可能是死者的鄰居，或是搭同一班公車的乘客……」

阿鐵有點奇怪組長為何對這個推理如此執著，心想萬一推論錯誤的話，這一晚的行動就會徒勞無功，浪費時間。

隨著黑夜降臨，刑事一課的氣氛愈來愈冷冽，空氣就像結了冰一樣。除了那兩名正在用電話調查的探員的低沉聲音外，辦公室再沒有任何雜聲。泰士坐在自己房間的椅子上閉目思考，阿鐵則閱讀著各個目標人物的資料，以及熟讀地圖，準備在進行追捕時能做出最有效率的判斷。

「組長，」其中一位組員突然說道，「有結果了，十一個目標中，只有一人在案發後有不尋常的舉動。」

泰士走出房間，站在阿鐵身旁聆聽報告。

那名魁梧的探員翻開手上的筆記紙，說：「全部嫌犯中，只有這個叫『裕行』的大學生，在事發當天開始沒有回大學上課。據說是感冒請病假，但至今仍沒有回校。」

泰士接過資料，沉吟道：「國大新聞系二年級生……住址就在死者住處的對面。嘿，搞不好二人是在街上認識的。阿鐵，通知手足們到目標人物住所外戒備，我們出發，到了之後在現場進行行動簡報，今晚要把那個人抓住，以防他再幹出什麼事情。叮囑他們跟目標保持距離，小心對方失控。」

阿鐵站起身，抖擻精神，抓起電話通知同僚這個指示。

當泰士穿好外衣，整理好裝備準備出發時，阿鐵神色慌張地衝進組長的房間，嚷道：「組長，不好了，負責監視的同事報告，那個叫裕行的男生剛從住處的窗口躍下，逃到街上！」

「什麼！」泰士詫異地說，「怎麼會這樣？」

「他們說之後有一個男人跟著他，沿著窗戶旁的水管爬下……」

「被捷足先登了？難道……難道是那傢伙？」泰士以難以置信的聲調說。

「組長，怎麼辦？」阿鐵抓住電話，和在現場監視的同僚一同等候指揮官的命令。

「通知所有組員，先把二人制伏，不要驚動居民，我們十五分鐘之內趕到。萬一被逃脫的話，拚死也要跟蹤到對方。今晚要有長時間作戰的覺悟。」

阿鐵轉告指令後，和泰士以及兩名同僚趕到停車場。

「阿鐵，記得帶吃的。」泰士一邊思考作戰計畫，一邊說。

「咦？有需要嗎？」

「有。」泰士簡潔地回答。

阿鐵搔搔頭，回頭往警局大樓走去。

泰士盤算著，他對那個在目標身後的男人十分在意。

「別節外生枝就好。」

14

蟲Ⅵ · 人間

裕行跑過幾家旅行社，也沒找到往新墨西哥州的觀光團，不過有一家說可以代為安排行程，包括轉乘內陸機及長途巴士等等。裕行留下資料，對方說翌日回覆，簽證的事項之後再處理。

還沒到黃昏，裕行回到家中，在電腦上搜索那個發現Rods的美國人的資料。由於「飛棒」已被認定是騙局，裕行發覺很多連結已經失效，他鍥而不捨地瀏覽著每一個網頁，嘗試找尋那位首度發現者的聯絡方法。

為了對付那些蟲子、為了驅除身體裡的怪物、為了和美，裕行感受到自己的使命。

在電腦前查閱著，他沒留意時間經過，已經是晚上十點多。

大鶇把一個不常用的手提箱放在桌子上。

雖然他老是把這個跟工具箱差不多大小的金屬箱子放在車子裡，每次到陌生的地方盯梢、追查黑道人物時也帶在身邊，但他幾乎沒有在工作中打開過。

可以的話，他不想使用裡面的東西。

大鶇伸手，將箱子的密碼鎖轉到四一九號。四月十九日是他兒子的生日。雖然大鶇已經十年沒見過自己的兒子，但他仍惦記著他。

箱子的開關咔一聲地彈開，大鶇把蓋子打開至九十度，察看著箱子裡的物件。箱子裡有一柄金屬製的伸縮警棍、一把軍用匕首和一把電擊槍。三者都是違法武器，是大鶇託朋友在黑市購入。縱使他和黑道來往甚密，但他知道手槍是用不得的，因為後果非常嚴重，也會招來警方介入；退而求其次，這三件法寶足夠應付突發事件，萬一遇上難纏的對手，這三件武器仍可以為他爭取一點逃走的時間和空間。

就像這一次。

大鶇認為住在他樓上那個叫裕行的男生，有八成的可能是殺死和美的凶手。其實單從對方和死者相識，在屍骸發現當日沒有如常在便利商店出現等環境證據來看，這個大學生是凶手的機率頂多只有兩成多一點；可是，大鶇信任自己的偵探直覺。

他甚至相信那個住在對面公寓四樓的桂小姐已經被殺了。

如果對方是一個能輕鬆把少女肢解的變態凶手，作為偵探，便要為最壞的情形做好預備。對方也許是個身手矯捷、有異常怪力的奇人，空手去跟對方對質是最最最愚蠢的做法。

事實上，大鶇並不想跟這個他懷疑是凶手的傢伙面對面。他只想確定對方的身分，再把結果向委託人匯報，便大功告成。他甚至不用通知警方，畢竟他沒有義務調查凶案，保護市民不是他的責任。可是，自從接手這案子開始，他的正義感一發不可收拾，縱然理智告訴他這種做法很危險，他也願意放手一搏。

「即使要負上刑責，只要抓住凶手，也無所謂了。」大鶇一面想，一面檢查電擊槍的電池。沒有執照下收藏這類武器已經觸犯法律，不過大鶇覺得，如果在這案子使用這些危險品而被捕，總比替黑道工作時使用而被檢舉來得強，起碼良心安樂一點。

大鶇打算直接找裕行談談，試探他。他認為能幹出這種瘋狂碎屍案的犯人，應該不像普通凶手，總會留下一點蛛絲馬跡。他準備使用最危險的方法，單刀直入提到死者，看看對方的反應。

所以大鶇有被襲擊的覺悟。他知道搞不好自己會成為下一個死者，但他對這決定並不後悔。

「死不要緊，受重傷也不要緊，重要的是讓凶手曝光。」

大鵜在桌上放下一份簡單的調查報告，內容包括委託事項、調查過程和他的推想。他在文末注明自己接下來要調查住在樓上叫裕行的男生，暗示萬一自己被殺，警方可以循這條線調查下去。因為時間不足，這文件寫得相當粗糙簡陋，但大鵜相信已足夠讓人知道真相。

一個鐘頭前他曾打電話給委託人，雖然目前他仍未確定樓上的男生便是凶手，但他覺得有必要報告一下，至少告訴對方調查有一點進展。大鵜明白這謀殺案中的死者親友會陷入哪種傷悲的情緒，他一句「有點眉目」對委託人來說已是天大的好消息，足以撫慰那受傷的心靈。不過，那通電話沒人接聽，大鵜瞧了瞧時鐘，心想對方可能仍未下班——印刷廠在趕工時，工人幾乎沒有下班的時間。他在留言信箱留下簡單的口訊，說已將搜索範圍縮小，手頭上有幾個嫌犯，有新消息會第一時間通知對方。他沒明言自己準備和那個裕行對質，是因為即使他相信自己的直覺，也無法保證他的推論正確，為了不給予委託人虛假的希望，大鵜故意留一點轉圜餘地，就算這晚落空，也不會讓委託人對自己失去信任。

大鶇穿上牛仔褲，繫上皮帶，將警棍、匕首和電擊槍掛到腰上，再穿上一件襯衫遮蓋著。他從手提包裡取出一雙手銬，放進褲袋。

「這個……今天不需要了。」大鶇在褲袋裡摸到理思必妥的藥瓶，順手掏出，放在桌子上，和那份調查報告並排著。對手是個可怕的變態殺手，大鶇心想說不定自己也要有些瘋狂的力量才能與之抗衡。

準備就緒，時間是晚上十點零三分。大鶇打開裝設在廚房的電箱蓋子，隨意把幾個斷路器把手拉往下方。

來到樓上裕行的住所門前，大鶇深呼吸一口氣，按下門鈴。

沒有反應。

他再按一下。

大門緩緩打開，在扣上防盜鍊的細小縫隙中，亮出裕行的蒼白面孔。

「你好，」大鵯裝出笑容，「我是樓下的住客，我家的電箱好像出了點問題，我把斷路器的把手推來推去，電源還是無法恢復……」

裕行拉著大門，警戒著對方的身分。一直以來他都沒有訪客，所以在晚上十點多出現在門前的陌生男子，裕行尤其警惕。

「……啊，你不就是今早在梯間撞到我的小伙子嘛！」大鵯突然說道。

裕行打量了對方一下，認出站在門前的大叔的確是早上遇到的住客。裕行稍微安心，臉上的表情也放鬆了一點。

「有、有什麼可以幫忙的？」裕行問。

「可否讓我看看你的電箱斷路器配置？我房間電箱上的標籤被撕掉了，不知道房東怎搞的，打他的電話又沒有接。我正在用電腦打文件，明天趕不出來，老闆要大發雷霆啦！」

裕行稍稍猶豫，但看到對方一臉為難的樣子，加上早上見過他，倒沒有懷疑大鵯說的是謊話。

「好吧，不過請你快點，我……我也正在處理重要的事。」裕行把門鍊解開。

大鶇踏進房間裡，只覺一片侷促，房間的窗戶都關上，空氣並不流通。在一旁的桌子上，有一台電腦正在運作，螢幕上顯示著一個古怪的英文網頁，題目是「Flying Rods: Truth or Hoax?」——「飛行的棒子：真實還是騙局？」

「那是什麼鬼東西？」大鶇心想。

二人來到廚房的電箱前，大鶇打開蓋子，假裝記下每個斷路器的標籤。

「先自我介紹，我叫大鶇，剛搬到樓下三樓不久，在貿易公司上班。」大鶇沒有回頭，左手放在配電盤上，眼睛卻瞟著裕行。

「我叫裕行，是國大新聞系學生。」裕行不經心地說。

「好，我記下了。」大鶇關上電箱蓋，回頭問，「你在這兒住了很久嗎？」

「兩年多吧。」裕行簡略地回答。

「我之前一直想搬來這區，可是老是物色不到好的公寓，好不容易找到這兒，怎料又遇上可怕的殺人案，真是倒楣……」

當大鶇提到殺人案時，裕行臉色一變。這個轉變自然逃不過大鶇的法眼。

「聽說受害女生被犯人撕成碎片，真是變態。我想凶手應該是個心理變態的失敗者吧，因為泡不到馬子，只能用這種方法來滿足慾望。」大鶇一邊說，一邊把身體移到大門前，擋在門口和裕行之間。

「那……那真是可怕的凶案。」裕行結結巴巴地說。他沒料到對方會提起這件事。

「那個女生真是可憐哪……」大鶇看到對方的表情，繼續說，「我在新聞看到她的樣子，真是漂亮的女生啊，聽說還是優等生，大好前途沒有了。好像叫什麼……叫什麼『和美』來著？裕行你不會剛好跟她認識吧？她好像就住在附近……」

「不……不認識。」

大鶇幾乎肯定站在面前的便是凶手。裕行的態度已把他的內心出賣，加上大鶇確信便利商店的大嬸沒有弄錯，裕行應該跟和美相識。裕行否認認識和美，便代表他心裡有鬼。

「真的嗎……」大鶇突然換過冷漠的語氣說，「我以為你跟她認識啊——畢竟你之前每天早上都會到便利商店見她。」

裕行感到血液衝腦，被大鶇的發言嚇得無法動彈。

「我……我才沒有……我不認識……」裕行吞吞吐吐，臉上滿是畏怯，一步一步往後退。

「你垂涎和美的美色吧？像你這種陰沉的傢伙，要親近這麼漂亮的女生，只能用上這種下三濫的手段。」大鶇把右手放在腰後，抓住電擊槍，以防裕行發飆。「結果怎麼了？因為人家不理你，於是你在晚上埋伏，在巷子侵犯對方嗎？」

「不！我才沒有這樣做！那天晚上是我救了和美！那兩個混蛋正要對和美……」

裕行掩著嘴巴，驚覺自己把不應該說的話也說出來了。

「哦，原來是英雄救美……」大鶇想起從黑道得來的情報，「救人的是你，可是殺人的也是你吧？看到對方衣衫不整，又四下無人，於是反過來代替那些壞蛋，先強暴那可憐的女孩子，再慢慢折磨、殺死她嗎？她當時有哀求吧？她有哭著說不要吧？說到底，你和那些混混有什麼不同？那些混混是禽獸，那你就是連禽獸也不如的怪物吧？」

「我……我……那不是我……是我身體裡的蟲子……」裕行嗚咽著。

「蟲子？是你身體裡控制不了的東西嗎？」大鶇猜想對方是個精神病患，也許殺人時被另一個人格支配了，所以把凶行推到「邪惡的自己」身上。「那樣的話，你乖乖跟我去自首，和美知道後也會高興啊。」

「不……」裕行瞧了電腦螢幕一眼，對於在這時被逮住感到忿忿不平。他才剛剛找到目標，要弄清楚那些蟲子的由來，決不能被人抓住。他知道，那些蟲子無法利用醫學儀器檢查出來，即使自首，警察也頂多把他判斷成精神異常者。他願意為害死和美而贖罪，可是他不容許那些蟲子在黑暗中竊笑。

「逃走。」

這念頭在裕行腦海中閃過。護照和存摺在背包裡，只要逃離住所，就有機會離開，往美國找尋真相。

裕行想起事發當晚，他輕鬆擊倒其中一個小混混。這個叫大鶇的男人看來是個狠角色，可是，裕行覺得自己能勝過對方。

大鶇留意到裕行表情上的變化。窮鼠齧貓，大鶇在監獄裡工作多年，很清楚人在反抗前一刻的表情，那種眼神就像告訴對方「我會傾盡全力，在你出手前先下手為強」。他知道現在裕行心裡正在想相同的事，他的右手緊緊握著槍柄。

兩人僵持著，彼此沉默對視了五秒。這五秒好像很漫長，大鶇連眼也沒眨，等待裕行行動，準備來個「後發先至」，利用對手來襲的時機予以致命反擊。

「啪！」

裕行的動作卻令大鶇幾乎反應不來。即使大鶇明知對方會攻過來，他卻沒想過這攻勢會這麼發展——二人本來相隔四、五公尺，大鶇沒料到裕行竟然可以一步跨越三公尺，凌空向自己撲過來。在短短半秒之間，裕行已經接近眼前，雙手往脖子掐過去……

「劈啪劈啪！」

在千鈞一髮之際，大鶇抽出電擊槍，向裕行發射。大鶇的電擊槍並不是要貼著敵人身體使用的舊款式，而是可以發射出電線和電極的Taser電槍，他看到裕行差不多要撲到身邊前，扣下扳機，兩根金屬電極刺在裕行的胸口和側腹，接下來傳來尖銳的電流聲。裕行應聲倒地，身體不斷抽搐，五官扭成一團，露出痛苦的表情。

「呼，好險。」大鶇挨在大門上，抖一口氣，「這傢伙果然是怪物。」

大鶇掏出手銬，正想走到倒地的裕行身旁扣住雙手，卻見裕行蹲起來，用手把電極拔掉。

「怪物！」大鵜嚇得退下來，驚呼道。他手上的電槍威力足以讓三百磅的巨漢昏倒數分鐘，半小時之內失去反抗能力，可是裕行在短短數秒便醒過來，還能站起。

大鵜沒有猶豫，立即開第二槍——這把電槍只有兩發——然而裕行身子一歪，避過筆直飛過來的電極。大鵜丟下電槍，拔出伸縮警棍，擺出架式。

裕行沒有再次進攻，相反他後退到桌子旁，把背包揹上，雙眼一直緊盯著大鵜。二人就像對峙中的豺狼，彷彿下一刻便會撲向對方，咬斷敵人的咽喉。

「能贏吧……能贏吧……」大鵜不敢輕舉妄動，守在門前。這房子沒有後門，只要留在這有利位置，大鵜深信自己能制伏對手。

裕行緩緩往側邊移動，大鵜緊盯著對方，手上的伸縮警棍就像有千斤重，但他對於能及時揮出、將眼前人擊退很有自信。

來了——裕行突然大踏一步，大鵜心下一凜，緊握警棍準備橫劈，他萬料不到對方踏出一步後，猛然向另一方轉向。

向窗戶轉過去。

「啪咧！」

裕行撲向窗戶，撞破窗框和玻璃，從窗口躍下。

「這兒是四樓啊！」大鶇完全沒想到對方會出此下策，急步衝前，從窗戶探頭一看，在昏黃的街燈映照下瞧見裕行以不自然的姿勢躺在二樓的平台上。「也犯不著自殺……咦？」

大鶇赫然發覺，在二樓平台的裕行慢慢地站起來，蹣跚地往邊緣走過去。

「不是吧？這傢伙到底是什麼？」雖然四樓和二樓平台距離不算太遠，但正常人掉下這高度，才不會在墜地後拍拍屁股，一副只是扭傷腿的姿勢站起來繼續走。就算是特技演員，也不可能在沒有墊子下完成這種高難度的墜落。

「該死！」大鶇回頭走到大門，但心想一旦失去對方的蹤影便無法跟上，於是回到窗戶，一邊咒罵著一邊攀出去。他慶幸這種舊式公寓大樓設計古老，水管都釘在外牆，這樣他才有施力點，可以利用它們往下爬。

「媽的哪，我為什麼要做到這地步……」

大鶇抓住水管一邊爬，一邊轉頭盯著裕行的去向。裕行在二樓平台邊緣攀到下方的巷子後，仍一拐一拐的，大鶫猜想對方即使身懷異稟，從這高度躍下也難免受了一點傷。他知道機不可失，從剛才的動作來看，裕行擁有和怪物一樣的能力，和美也才會被撕成碎片。大鶫料想一對一自己勝算不高，可是現在對方受了傷，自己應該有機會反敗為勝。

「啪！」大鶫落到二樓平台，走到邊緣踏上一塊破舊的木板，發出響亮的聲音。裕行回頭一望，看到大鶫仍緊隨其後，心頭一慌，加快腳步。

「別跑！」

大鶫明知道呼喝沒有用，還是喊了出來。裕行沿著小巷直走，跑了好一陣子，來到和美被殺的小巷旁邊廢屋前。他看到遠方大街人聲鼎沸，害怕大鶫追至向人呼救，於是轉身打開這棟四層高的廢屋的鐵閘，往樓梯走去。

「先躲起來……好痛……」裕行捂著左邊大腿，踉蹌地步上二樓。他對自己想也沒想便躍下窗口感到驚訝，更教他訝異的是自己居然沒死，只是扭傷了肌肉。可是，大鶫亦步亦趨，被抓住是遲早的事。既然跑不過他，也未必打得過他，裕行只好找地方躲一躲。

裕行走到二樓的走廊，看到一列房間，大門都破破落落，有兩間的門板更拆了下來，擱在走廊上。他把第一扇門打開，走進房間裡，把窗戶打開，再跑到第二間房間前。這個房間門口有個斷了腿的茶几，盡頭有個破爛的櫃子；憑著窗外傳來的微弱光線，他小心跨過茶几，再躲到櫃子後。他希望大鶇看到第一扇門時，會以為他從窗口逃去，那麼他在第二個房間便可以喘息一下。

身處黑暗的環境裡，裕行在恍惚之中看到和美蹲在房間一角，以哀愁的目光看著他。

「和美，我不是在逃避……不是的……」裕行抱著雙腿，感到無助。

不一會，走廊傳來踢踢躂躂的腳步聲。

裕行屏息以待，仔細聽著腳步聲的去向。

「踏。」

走進第一間房間。

「踏。」

回到走廊。

「踏……」

經過第二個房間，沒停下，往之後的房間走去。

裕行鬆一口氣，心想終於擺脫了那個男人。

「我知道你在這兒。」

一道閃光劃破黑暗，大鶇冷漠低沉的聲線更粉碎了裕行的希望。

「不要再躲了，走廊盡頭的門已經鎖上，其他房間也沒有可以躲藏的死角。」裕行聽到大鶇的話，「第一個房間雖然開了窗，但窗台上的灰塵厚得要命，有沒有人從窗口逃去一目瞭然。」

裕行對自己的失策感到極之懊惱。

砰！

大鶇以伸縮警棍敲毀了木製茶几，用手電筒照射著房間的每個角落。

「也許你打算乘我不備向我攻擊，但我這次不會大意了——何況你受了傷吧。」

裕行感到絕望。在角落的和美仍是一臉悲苦地看著他。

「出來吧，給我省點麻煩。我不是要你的命，我只是要你到警局自首。」大鶇一邊說，一邊敲打一張桌子。

裕行嘆了一句：「和美，我是罪有應得吧？希望妳也滿意這個結局……」

裕行站起來，舉起雙手，無奈地對大鶇說：「我投降了。和美是我殺的，但我不知道為什麼會殺她。我某天被一隻蟲子咬了後，我的身體和精神就變得異常……這可能像是藉口，但我說的是事實。我也希望為和美報仇，找出真相……」

大鶇沒理會裕行的話，緊握著警棍，小心翼翼地走近裕行，準備把手銬扣上對方的手腕。

「警察！全部給我站住！」一聲大喝，把大鶇和裕行的動作定住。有四個穿西裝的男人舉著槍、拿著手電筒，把他們二人喝住。

大鶇看到那四個男人胸前掛著警察證，便垂下雙手，把警棍丟到地上。「行了，行了，不用呼喝。我叫大鶇，是徵信社的人員，受委託調查之前的凶殺案。這個男生已承認自己是凶手，請你們帶他回去警局吧。」

警察們替大鶇和裕行帶上手銬，搜過身，拿走大鶇的匕首、警棍、手機和皮夾，讓二人坐在房間裡兩張破舊的椅子。他們更特意把大鶇扣上第二副手銬，鎖在椅背上。

「帶我們回去吧，讓我們留在這個發霉的房間幹啥？我會好好合作的。」大鶇嚷道。

「組長正在趕來，你先等一等。」一名警察說。

大鶇坐在椅子上，瞪著在房間另一端的裕行。裕行低著頭，表情木訥，像是接受了現實。

「組長，兩個人都抓住了。」十分鐘後，泰士帶著其餘的組員，來到房間內。

「沒有驚動居民嗎？」泰士問。

「沒有。」

泰士滿意地點點頭。

「你就是組長？」大鶇問。

「是，我是刑事一課的指揮官。」泰士回答。

「那就好，」大鶇說，「那人就是兩星期前碎屍案的凶手，那個女孩子是他殺死的，他也親口承認了，我可以當證人。」

泰士轉過身，走到裕行身前問：「你……就是裕行？」

裕行沒有回答，只是無力地點點頭。

「和美是你殺死的？」泰士再問。

「是……」

「你這麼瘦弱，怎麼可能幹出這種事來？」

「我……我被一條叫 Flying Rods 的蟲子鑽進身體，之後便控制不了自己……」

裕行開始哽咽。

「唔，這樣就沒錯了。」泰士掏出鑰匙，把裕行的手銬解開。

「咦？」裕行詫異地看著泰士。

「這陣子應該很不好受吧。」泰士回頭對大鶇說，「也辛苦你了，能追查到這地步，比我們更有效率，真不簡單。」

「你在幹什麼？你幹嘛解開他的手銬？他是危險人物！」大鶇大驚失色，害怕裕行襲擊自己，尤其自己雙手更被手銬鎖在背後。

「他是受害者。」泰士淡然道。

「受害者？你腦袋裝草嗎？他剛才承認殺人啊！」大鶇著急地說。

「裕行，你老實說出來，你為什麼殺死和美？」泰士對裕行說。

「我也不知道為什麼……那時候我……我突然覺得……很飢餓……」

大鶇的眼珠瞪得老大。「你……你這傢伙為了吃人肉所以殺人？」

裕行哭喪著臉，痛苦地點點頭。

「怪物！」大鶇罵道，「變態的怪物！」

「裕行，你不用擔心，」泰士緩緩地說，「你並不是第一個遇上這情況的受害者，這種案件我們遇過好幾次了。」

「你對這種怪物幹嘛好聲好氣！什麼受害者？他是加害者！」大鶇繼續大嚷。

「都是那蟲子……是那蟲子害我變成這樣子的……」就像在找藉口，裕行結結巴巴地吐出這幾句話，「牠們支配了我，在我身體裡寄生，令我變成吃人怪物……」

「等等，你說那些蟲子令你變成這樣子？」泰士稍稍愕然，接著說，「你弄錯了，那些蟲子沒有讓你變成那樣——你天生便是如此。」

裕行一臉不解地盯著泰士。

「你不是人類。」泰士認真地說。

一陣驚悸從裕行心中冒起，迷惑和恐懼游走全身。

「你快二十歲了吧，」泰士說，「所以你漸漸變得想吃人。這是天生的，並不是蟲子讓你變成這樣。」

「怎……怎麼……」裕行駭異得無法回答。

「我靠，你們在胡說什麼？不是人類？那他是什麼東西？人狼嗎？還是食屍鬼？」大鶇大罵，對泰士的說法嗤之以鼻。

「如果是在幾百年前，在西歐他會被稱作人狼，在東歐會被叫作吸血鬼，在阿拉伯世界會被稱為Algol，在美洲被叫作Wendigo，在日本被稱作鬼，在中國被叫作妖。這些都是混合了民間傳說、添鹽加醋後的版本，本質上都是指同一個種族，有著人類的外表、會吃人肉、被視為怪物的種族。」泰士答道。

「那又怎樣？總之他就是怪物！是殺了那個無辜女孩的怪物！」雖然聽到難以置信的事情，但大鶇仍嚷道。

「怪物？數十萬年前，地球上除了現代人種——我們稱為『智人』Homo Sapiens

的種族外，還有另一個同屬於『人屬』，被稱為尼安德塔人的人種。可是在物競天擇的原理下，三萬年前尼安德塔人被智人消滅，完全滅絕了。對他們來說，人類也是怪物吧？裕行所做的，不過和過去人類對尼安德塔人所做的一樣而已。這不是他個人的錯。」

「可是對人類來說，這隻怪物仍是怪物吧！我們怎可以放過牠啊！」大鶇氣急敗壞地說。

「呵，你說得沒錯，」泰士微微一笑，「可是，很不巧的，我們跟他是同類。」

剎那間，大鶇感到血液掉至冰點，全身僵住。他環視在場的警員一眼，只見每個人咧嘴而笑，就像披上人皮的怪物一樣，睥睨著被鎖在椅子上的自己。

「我……你們……」裕行也極其詫異，看著站在身前的泰士。

「所以你不用擔心，在這兒的都是自己人——除了那位大偵探外。」泰士對裕行說，再不懷好意地指了指大鶇。

裕行一時間搞不懂狀況，腦袋一片混亂。

「我們這種族只占全球人口的八千分之一，人數不足一百萬。」泰士看到裕行的表情，微笑著向他說明，「不過我們現在不像先祖那麼愚笨，明目張膽地襲擊人類。我們混在人類之中，爭取權力和財富。我們知道，把人類殺光、吃光對我們沒有好處，所以我們都會小心行事，不讓我們存在的事實曝光。人類都是我們的獵物，我們是狩獵、支配人類的獵人。」

「這裡的所有人……」裕行仍在意著泰士之前那一句說話。

「對，刑事一課所有成員都是同族的，事實上警方、黑道以及政府高層也有不少同胞，世界各國的政治家中都有我們的族人。我們的父母會教導我們生存之道，告訴我們如何偽裝成普通人在這個社會生活——當然，偶爾也有特殊情況，例如夫婦遇上意外同時死去，留下不知情的孩子……裕行，你的父母在你小時候去世了吧？」

裕行接受不了這個事實，啞然地跟泰士對望。即使他沒有回答，泰士料想到他的推論是事實。

「偶爾有不知情的同類，在成長時因為身體突變而變得不知所措，尤其是本能地產生食欲，把喜愛的人類對象殘殺吞吃之後……」泰士臉上一瞬間閃過無奈的表情，但隨即回復原來的微笑，「十五年前我和你一樣，變化在毫無徵兆下出現，結果我把我的女朋友吃掉了。」

裕行幾乎不敢相信自己的耳朵。

「你！」大鶫聽到泰士的說話後，冷汗直冒——他想起他從舊報章讀到的案件。「十五年前……城南那個女大學生！新聞說那、那個女生是被無業的中年漢殺死，怎麼可能——」

泰士對大鶫的話稍感訝異，回過頭笑著說：「你也知道？你調查得滿深入啊……那中年漢自然是代罪羔羊，我父母也在我小時候死去，我跟裕行一樣一直不知道自己的身分，直到那件事發生。我吃掉女朋友後幾乎瘋掉，幸好當時刑事一課的指揮官找到我，替我解決事件……我到今天仍然很感謝他，他就像我的另一個父親，我也在他的安排下加入警隊，接替他的位子。」

「當時的刑事一課……」大鶫錯愕得只能重複對方的話。

「刑事一課一直專門處理這些麻煩事。萬一被人類知道我們的存在，引起恐慌，對雙方也沒有好處。」泰士露齒而笑，「我們還為這類同胞失控的案件編了個編號，叫B04，試想想，我們可不能老是說『同類失控吃人事件』，傳出去被八卦媒體知道，又要花工夫善後了。」

泰士想起那天阿鐵說溜了嘴，害他胡謅什麼「解離性狂暴人格障礙」。還好這說法似模似樣，才沒有引起由美懷疑。

「但那些蟲子……」裕行突然想起那些他一直認為是元凶的魔蟲。

「那些不是蟲子。」泰士把手伸往自己的頸椎後，在裕行眼前攤開手掌，裕行赫然看到掌心有一隻蠕動中的棒狀蟲。「這是我們的血。我們的血液經過頸椎的副靜脈外瓣膜出口，便會硬化變成這種條狀的物體。它們會依照我們的意識活動，以古老的巫術說法，稱為『Familiar』或『使魔』。我們的身體構造和人類幾乎完全相同，分別最大就是這種特殊的血液，不過在常態之下，一般醫學檢查也找不出分別。你的身體剛成熟，還沒掌握到血的控制，會把它們當成蟲子並不出奇。」

泰士手中的蟲飛起來，圍繞房間轉了一圈，落在他的頸項，鑽回身體裡。「據說多年前我們有一位美國同類不小心讓自己的使魔被人拍到，弄了個什麼『飛棒』的謠言出來，各地的族人聯手花了很多年才能平息事件。想起來，那真是災難。」

裕行回憶起在郊外遇見蟲子的一天。他想到要抓住蟲子，他便能抓住；當他想把蟲子帶回去給同學研究，蟲子便鑽進他的脖子——那不是因為「蟲子」要逃走，而是因為他下了「帶回去」的指令……

「我……我們是什麼生物？從何而來？」裕行戰戰兢兢地問。

「天知道？人類也不知道自己從何而來吧？為什麼猿猴會進化成人類？什麼導致人類大腦變得能處理複雜的資訊？人類的科學家至今仍沒有答案。人口達數十億的人類花上千年也沒有結論，數目不足一百萬的我族自然也不會知道我們的根源嘛。」泰士笑著說，「總之我們一直存在著，活在這世界裡就是了。」

「我……我還想知道，為什麼到現在我還會看到和美在我身旁？」

泰士微微一怔。「在身旁？你在夢境裡看到和美嗎？」

裕行點點頭。

「喔，想不到你還是『異子』哩。我們之中，有族人能把被捕食者的意識一併吞吃掉，不過情況罕見，就算是這種被稱為『異子』的特例，也不是每次進食都能把獵物的意識吸收。因為案例太少，『異子』的事情我們其實不了解，不知道是真的吃掉了意識，還是只是身體裡的一個反射模擬作用，就像人類的妄想症……唯一確定的是，這情況不好好控制會令人經常失神，陷入意識混亂之中。我們有醫生專門治療這種情況，你不用擔心。」

泰士頓了一頓，語帶嘲諷地說：「有人說過，這是最高等的進食，因為連對方的靈魂也吃掉，留在自己的意識裡肆意玩弄——『異子』可以支配意識中的靈魂，就像神一樣。看，我們才是這個世界最優秀的種族，自大的人類不過是牲畜。」

「你放屁！」久沒作聲的大鶇罵道，「你們這群怪物！我就算死也會揭發你們的陰謀！」大鶇寄望留在桌上的文件不被這群魔獸發現，只要房東或委託人發現裕行的事，便有機會讓真相曝光。

「社長先生，很可惜你沒有這個機會了。」一直守在門口旁的阿鐵說道。

大鶇望向門口，表情漸漸變得扭曲。

「是……你！」大鶇勃然大怒，想從椅子上掙脫。雖然沒有眼鏡，但他認得面前站著的便是委託人——那個一臉頹喪，哀求他接受案子的青年。

「很抱歉我欺騙你了。」阿鐵輕鬆地說，「B04案件中，其中一個難處便是找替死鬼。我們課裡有個名單，都是獨居、沒有家人、有犯罪可能的人，這次碰巧選上了你，只能說你運氣不好吧。」

「你還有精神病紀錄，又替黑道工作，是最佳人選。」泰士離開裕行身旁，走到大鶫跟前，雙手按住對方肩膀，「……死不足惜啊。」

「你、你不是那個會計師的兒子！」大鶫對著阿鐵嚷道。

「當然了，我們只是看過你的檔案，掌握你的弱點才行動。」阿鐵笑著說，「我之前還在擔心你不知道那囚犯自殺的事，要想方法提醒你。事情真是太順利了，我甚至沒想過你竟然這麼有正義感，連訂金也不用我付。」

「為什麼要設計我？」大鶫狠狠地叫罵，「為什麼要我調查？」

「只是讓你接近死者身旁的人，做些可疑的舉動，到事情揭發時，你曾接觸過的人會以為你是為了善後或找尋下個獵物而出現。坊間有個說法，說變態殺人魔總愛事後重回現場，重溫殺人時的快感，我想你這段日子裡多次到過碎屍的後巷、死者的居所附近，以及到過死者學校那邊調查吧，你的足跡正好成為你是兇手的佐證……」泰士稍稍一頓，再輕輕蹙眉，苦笑著說，「只是我們沒想過你比我們更有效率，更快破案……嘖嘖，真了不起。」

大鶫垂頭喪氣地坐著，沒想到自己竟然大意到一開始便掉進陷阱。

「你告訴我的情報，像和美的起居生活都是調查得來的，對不對？」大鶫問。

「對。那個和美根本沒有男朋友，週末約會什麼的都是假的。」

大鶫想起那幅阿鐵跟和美的合照——大概是合成照片吧——他暗忖。細心一想，如果真的是週末拍的，照片的背景裡怎麼可能有穿校服的小學生？

「那個……那個和死者住在同一棟公寓的桂小姐，是不是被殺了？」大鶫想起和美公寓四樓失蹤的女生。

阿鐵怔了一怔，尷尬地偷瞄泰士一眼。

「看吧，」泰士對阿鐵說，「就跟你說別太饞嘴。調查期間看到獨居女子就忍不住吃掉，如果我們沒抓住這位大偵探，不知道要多少人替你擦屁股。」

「組長，那女生看起來真的很好吃嘛，那雙大腿散發著誘人的香氣，而且我跟她在走廊碰過兩次面，她便主動跟我搭訕，不吃未免太暴殄天物了。」阿鐵舔了舔嘴唇，「她的皮膚很嫩，尤其是那略帶臊味的外斜肌，真是教人吃上癮。雖然我在她的客廳把她解決了，但我有好好清理現場，把吃剩的殘骸收到手提袋裡帶走，可沒有留下痕跡……」

「年輕人就是食欲旺盛。」泰士嘆道。

「你們打算怎樣對付我？」大鵜猶如一頭戰敗的狗，平靜地問道。

「這兒的環境不錯，就把這兒當作你的巢穴吧。」泰士邊說邊環顧四周，「在這裡放下一些其他死者的殘骸，便能交出很完整的報告了，媒體追查也不用擔心。」

「你打算把我當場殺死，來個死無對證吧？」大鵜咬牙切齒地說。

泰士沒理會他，轉身向身後的警員們說：「本來我也不想把事件關係者拉進來，但阿鐵認為這樣更方便，也無所謂吧。各位手足辛苦了，今晚我們就在這兒吃一頓好的。」

阿鐵往門外走，拉著一位少女進來。

裕行發出驚呼，那個女生跟和美十分相像——那是他之前在公寓門口見過的女生。

她是和美的姊姊由美。

由美就像木偶一樣，被阿鐵牽著，盲目地跟隨著對方。她穿著一件白色的吊帶連身裙，飄逸的裙襬把她美好的身段襯托出來，突顯出她的秀麗。她臉上不施脂粉，素顏的她仍是異常動人。她的雙眼深邃而渙散，像是失去了意識，被催眠了的樣子。

「你們想幹什麼！」大鶇大喝一聲。

「要栽贓，使得放下『贓物』啊。」阿鐵猙獰地笑著回答。

「你們不要傷害她！怪物！」大鶇預料到將會發生的情景。

「由美小姐是自願把自己獻給我們享用的。」阿鐵勾著由美的玉臂，由美點點頭。

「妳快逃！妳是不是被注射了什麼藥物？快清醒過來！給我清醒過來！」大鶇竭力地大喊著，搖動身軀，椅子發出咔嗒咔嗒的聲音，可是由美充耳不聞，沒有反應。

「沒用的，」泰士對大鶇說，「剛才你問我們是不是會殺死你，來個死無對證——我們不需要使用這種無聊的手段。我們的血——也就是那些蟲子——能夠侵入其他生物的身體，使被侵入者遵從我們的指示，成為我們的傀儡。」

「我很榮幸可以讓大家進食我的肉體。」由美以不帶感情的語氣說，在旁邊的阿鐵正陶醉地抱著她的腰，伸出舌頭舔了由美的耳垂一下。

「我之後只要讓我的血鑽進你的身體，你就會主動向我們說出所有祕密，公開承認自己是凶手，甚至了結自己的生命。」泰士看著正在顫抖的大鶇，淡然說道。

看到阿鐵和由美的樣子，大鶇終於知道當天阿鐵給他的照片的真相——那不是合成照片，相中人不是和美，而是由美，更是已被支配了的由美。阿鐵控制了由美，拍下貌似親密的照片，讓她說出一切她所知道的事情，阿鐵提供的資料，都是從變成傀儡的由美身上獲得。

「卑鄙……下賤的蟲子……」大鶇只能無力地吐出這句辱罵的話。

眾人對大鶇的咒罵置若罔聞，把焦點放在白衣的由美身上。

阿鐵點點頭，放開由美，由美便走到房間中央，解下裙子的肩帶。連身裙沿著光滑的肌膚滑落，把本來包裹著的、赤條條的曲線暴露在空氣之中。由美一絲不掛站在眾人面前，頭髮垂到飽滿的胸脯上，恍若希臘神殿中的大理石雕塑，在手電筒的光線映照下，透出有如嬰兒的粉嫩膚色。

由美攀上破舊的桌子上，脫去鞋子，躺臥在檯面。

「各位，」泰士說，「難得有這一道佳餚，以前前輩常常招待大家，這回就當是我給大家的慰勞宴吧。」

阿鐵握住由美的左邊小腿，把手指掐進去，一抓便把膝蓋以下折了下來，鮮血沿著桌邊流下。由美一聲不吭，反倒露出舒服暢快的微笑，把斷掉一半的腿抬起，好讓流血減少。

「組長，你先吃吧，肉放涼就不好吃了。」阿鐵把腿肉遞給泰士。

「嗚噁！」大鶇聞到血腥，感到一陣反胃。看到那群怪物像蝗蟲一樣，圍著赤裸的少女，把她的四肢、肌肉逐寸撕下吞吃，更有一種暈眩感。這不是現實吧？我只是在作夢吧？大鶇對面前所見感到虛幻，感覺自己掉進一個無止境的惡夢之中。

在眾人蹂躪下，由美失去四肢，但她的臉上仍掛著嫵媚的微笑，半張的紅唇、妖嬈的眼神，流露著一股異樣的病態美。

「裕行，你也來吃吧。」阿鐵擦著嘴角的鮮血，捧著一片血淋淋的大腿肌肉，回頭向裕行說道。

裕行一直坐在椅子上，沒法移動半步。他的內心正在交戰，理智上他想阻止這場瘋狂的宴會，但本能上他覺得這是很自然的事情。尤其他看到大鵪噁聲大作，他卻對從由美散發出來的血腥味、眾人咀嚼的聲音感到親切。

不，我不是怪物——裕行堅持著。

阿鐵撕開由美的腹部，讓內臟接觸到外面的空氣。由於失血過多，由美的臉色已如同死人一樣蒼白，可是在阿鐵使魔的支配下，她仍然清醒，在阿鐵扯開她的胸腔時，她仍睜眼細看。

這是地獄。

是無法逃離的地獄。

不約而同地，大鵪和裕行有著相同的念頭。在物種分類的兩端，他們的理由不同，但對這場面有著相同的想法。

這是地獄。

「裕行，你真的不吃嗎？」泰士說，「你不用壓抑著，去抵抗自己的本能。人類吃牲口，我們吃人類，本質上是沒有分別的。如果你認為這是邪惡的，那麼，過去大口大口嚼牛肉豬肉的你有沒有感到內疚？忠於自己的身分，不要當偽善者。」

不，不是這樣，我不吃是因為她跟和美長得一模一樣——

裕行無法把這理由說出來。即使物種不同，他對和美的感情是真實的。

他肯定那份感情是真實的。

他在黑暗中彷彿再次看到和美。

她仍是一臉哀愁，重複說著那句他聽不到的話。

「她的靈魂真的仍在我的身體裡嗎……」

裕行忽然站起來，走到眾人圍著的「餐桌」前。

由美看著他，表情歡喜得像個天真無邪的小孩子。

裕行伸手，從由美乳房之間的開口處，取出仍在跳動的心臟。

我不是人類——

裕行低頭咬噬著手中的臟器，由美閉上雙目，宛如沉睡中的嬰兒。

15

終結

大鶫在那場瘋狂的地獄宴會後，被泰士的血侵入。有如蟲子一樣的魔血，從大鶫的鼻孔鑽進他的身體，不到十秒，他已經失去自我。他將遺下調查報告的事告訴了泰士，又動手把由美餘下的殘肢散到房間四周，讓自己沾滿血跡。

警方向媒體公布碎屍案的疑凶已經落網，並且透露受害者共有三人，三人都住在同一棟公寓。警方的發言人指出，犯人大鶫早就對三人有變態的慾念，所以侵害她們後再把屍體砍碎。

公寓的管理員老先生、便利商店的大嬸和澄明女中的教職員等等也對這位曾經現身的男人就是真凶表示震驚。由於他行事詭祕，證人雖有懷疑但仍覺得真相屬意料之內。

尤其大鶫在法院親口承認殺人。

大鶫在入獄兩個星期後自殺身亡。一個月後，媒體對他失去興趣，他漸漸被人遺忘，成為時間洪流裡一顆不起眼的沙粒。

大鶫在被控制前的一刻，他的腦海裡只浮現一個念頭。

他擔心窗台上的植物沒有人照顧會枯萎。

阿鐵已經完全融入刑事一課的成員之中，也成為泰士的得力助手。

雖然他仍十分嘴饞，看到美女便會妄想吃掉對方，但他愈來愈成熟，知道要在無人察覺、沒有後果的情況下才能進食。

泰士開始考慮往政界發展，謀求更大的權力，讓同類可以更輕鬆支配人類。

他仍然很喜歡觀察橫過馬路的人群，覺得他們就像放牧中的牛羊。

裕行回到大學繼續課程。

他接受了現實，明白自己不是人類，是異類。

可是他沒有再吃人。

他不知道自己可以堅持多久，但他決定盡力而為。

他並不是因為憐憫人類而不吃，也不是為了贖罪，他只是單純地想知道自己這個種族能否對抗命運。

他料想有一天他會餓起來，要再次吃人類充飢，可是他決定到時才作打算。

他仍不知道那個在夢裡出現的和美，到底是他的意識倒影還是被困的靈魂。

他只知道，夢境中的和美沒再被殺，在他學會控制自己的血和潛意識後，和美只是日復一日、重複過著平淡的生活，在裕行思緒中一望無際的草原上生活。

他知道他的和美不會感到不安。

因為現在由美也在他的意識裡，跟和美在一起了。

在不存在的草原上的姊妹，是裕行活在地獄裡的唯一救贖。

〈魔蟲人間1　完〉

後記

《魔蟲人間》是我在二〇一〇年初完成的作品，同期完成的，大概是《遺忘．刑警》的初稿。那時候我剛開始認真創作，不斷參加大大小小的徵文獎，不過有點異常的是，我不一定會先看到某獎項的徵稿規定才寫稿，而是反過來先將自己想寫的題材寫成作品，之後再看看該作品有沒有適合投稿的獎項。《魔蟲人間》和《遺忘．刑警》的初稿都是約五萬字的中篇，兩者其實是以相似的理念去創作——《遺忘．刑警》是偽裝成冷硬派的本格推理小說，《魔蟲人間》便是偽裝成推理小說的恐怖小說。那時候我寫作經驗尚淺，但就是著迷於類型的轉換與誤導，不斷思考如何利用某類型小說的套路去寫成另一種作品。

我忘了後來將《魔蟲人間》投到哪些比賽去，反正結果就是全部揁龜。《遺忘．刑警》在修稿增加篇幅後入圍第二屆島田莊司推理小說獎並得獎，於二〇一一年九月由皇冠出版，同年我在明日工作室亦出版了好些在便利商店販賣的口袋書，年中編輯請我供稿，我便將積存在抽屜的《魔蟲人間》交給他們。《魔蟲人間》曾經在台灣出版上市，當中最微妙的是，它上架日期一樣是二〇一一年九月，和《遺忘・刑警》同期。當年我作為新人，能夠同時在兩間出版社出書，比起「實力」或「號召力」，我覺得根本是「運氣」使然，而當中最有意思的是，《遺忘・刑警》和《魔蟲人間》的讀者似乎是兩個交集不大的客群，前者都是當年願意支持華文創作的資深推理迷，後者是喜歡到便利商店花個五十塊台幣買本官能刺激通俗小說的年輕讀者，有買前者的顧客很可能沒留意到後者，而後者的讀者很可能對前者不感興趣。

我沒有在意，但求有讀者覺得故事有趣，認為值回書價（或到二手店賣掉中間所花的差價）就好。

事隔多年，《遺忘・刑警》在台出版十週年新修版，十年前的我才沒有想過能走到這一步。就像量子纏結那樣奇妙，同一時期我翻出《魔蟲人間》原稿，增刪修稿。基本內容沒更動，只是稍稍潤飾一些情節（當年在下的文筆有夠亂七八糟），以及修改一些太過時的情節（像智慧型手機的普及改變了我們的日常）。我想，或許這部作品也是時候再度跟讀者見面。

和《遺忘．刑警》不同的是，新版本的《遺忘．刑警》在書末追加了一個後日譚短篇，《魔蟲人間》就沒有。《魔蟲人間》有的，是一部完整的續集長篇小說《魔蟲人間2》——多年前我已有構想，只是沒有空檔好好執行這企劃。如今續作能出版（並且讓第一集重生），有賴奇幻基地提案，要是沒有雪莉和何寧兩位編輯的努力，它們只會留在我的硬碟角落和腦海當中。我沒有為續集寫後記，所以姑且在此提一下：《魔蟲人間》有撰寫第三集、第四集的空間，只是一如當年的續集構想，我不曉得什麼時候能夠將它或它們編寫成冊。

或者一切都要講緣份，看看會不會發生另一次像量子纏結般的奇妙際遇吧。

陳浩基

二〇二二年十二月十九日

魔蟲人間 1

作　　者／陳浩基
企畫選書人／王雪莉
責任編輯／何寧

版權行政暨數位業務專員／陳玉鈴
資深版權專員／許儀盈
行銷企劃／陳姿億
行銷業務經理／李振東
總　編　輯／王雪莉
發　行　人／何飛鵬
法律顧問／元禾法律事務所　王子文律師
出版／奇幻基地出版
城邦文化事業股份有限公司
台北市 104 民生東路二段 141 號 8 樓
電話：(02)25007008　傳眞：(02)25027676
網址：www.ffoundation.com.tw
e-mail：ffoundation@cite.com.tw
發行／英屬蓋曼群島商家庭傳媒股份有限公司城邦分公司
台北市 104 民生東路二段 141 號11 樓
書虫客服服務專線：(02)25007718・(02)25007719
24 小時傳眞服務：(02)25170999・(02)25001991
服務時間：週一至週五09:30-12:00・13:30-17:00
郵撥帳號：19863813　戶名：書虫股份有限公司
讀者服務信箱 E-mail：service@readingclub.com.tw
歡迎光臨城邦讀書花園 網址：www.cite.com.tw
香港發行所／城邦（香港）出版集團有限公司
香港灣仔駱克道 193 號東超商業中心 1 樓
電話：(852) 2508-6231 傳眞：(852) 2578-9337
馬新發行所／城邦（馬新）出版集團
【Cite (M) Sdn Bhd】
41, Jalan Radin Anum, Bandar Baru Sri Petaling,
57000 Kuala Lumpur, Malaysia.
Tel:(603)90563833 Fax:(603)90576622
Email:services@cite.my

封面設計／木木 Lin
排　　版／邵麗如
印　　刷／高典印刷有限公司
■2023年1月31日初版一刷

售價／350元

國家圖書館出版品預行編目資料

魔蟲人間 1 / 陳浩基著. -- 初版. -- 臺北市 : 奇幻基地出版, 城邦文化事業股份有限公司出版 : 英屬蓋曼群島商家庭傳媒股份有限公司城邦分公司發行, 2023.01
面 ; 公分. –
ISBN 978-626-7210-12-3 (第 1 冊 : 平裝)
ISBN 978-626-7210-14-7 (全套 : 平裝)

857.81　　111020380

ALL RIGHTS RESERVED
著作權所有・翻印必究
ISBN 978-626-7210-12-3
Printed in Taiwan.

※ 本故事內容純屬虛構，如有雷同，純屬巧合。

城邦讀書花園
www.cite.com.tw

廣　告　回　函
北區郵政管理登記證
台北廣字第000791號
郵資已付，免貼郵票

104 台北市民生東路二段141號11樓

英屬蓋曼群島商家庭傳媒股份有限公司城邦分公司 收

請沿虛線對摺，謝謝

奇幻基地

每個人都有一本奇幻文學的啓蒙書

奇幻基地粉絲團：http://www.facebook.com/ffoundation

書號：1HO156　　書名：魔蟲人間 1

請於此處用膠水黏貼

奇幻基地

讀者回函卡

謝謝您購買我們出版的書籍！請費心填寫此回函卡，我們將不定期寄上城邦集團最新的出版訊息。

姓名：＿＿＿＿＿＿＿＿　性別：☐男　☐女

生日：西元＿＿＿＿年＿＿＿＿月＿＿＿＿日

地址：＿＿＿＿＿＿＿＿

聯絡電話：＿＿＿＿＿＿＿＿傳真：＿＿＿＿＿＿＿＿

E-mail ：＿＿＿＿＿＿＿＿

學歷：☐ 1.小學　☐2.國中　☐3.高中　☐4.大專　☐5.研究所以上

職業：☐ 1.學生　☐2.軍公教　☐3.服務　☐4.金融　☐5.製造　☐6.資訊

☐7.傳播　☐8.自由業　☐9.農漁牧　☐ 10.家管　☐11.退休

☐ 12.其他＿＿＿＿＿＿＿＿

您從何種方式得知本書消息？

☐ 1.書店　☐2.網路　☐3.報紙　☐4.雜誌　☐5.廣播　☐6.電視

☐7.親友推薦　☐8.其他＿＿＿＿＿＿＿＿

您通常以何種方式購書？

☐ 1.書店　☐2.網路　☐3.傳真訂購　☐4.郵局劃撥　☐5.其他

您購買本書的原因是（單選）

☐ 1.封面吸引人　☐2.內容豐富　☐3.價格合理

您喜歡以下哪一種類型的書籍？（可複選）

☐ 1.科幻　☐2.魔法奇幻　☐3.恐怖　☐4.偵探推理

☐5.實用類型工具書籍

您是否為奇幻基地網站會員？

☐ 1.是☐ 2.否（若您非奇幻基地會員，歡迎您上網免費加入，可享有奇幻基地網站線上購書75 折，以及不定時優惠活動：http://www.ffoundation.com.tw/）

有更多想要分享給我們的建議或心得嗎？立即填寫電子回函卡

對我們的建議：＿＿＿＿＿＿＿＿

請於此處用膠水黏貼